侠饭 ❷
辛辣人生

[日] 福泽彻三 著
周立彬 译

中国友谊出版公司

目 录

序章
骤变为黑心企业的公司
001

第一章
解宿醉的零难度汤咖喱
015

第二章
夏天就该吃火辣的泰国菜
043

第三章
夏季极品下酒菜
067

第四章
酷暑难耐的夜晚
099

第五章
汗流浃背地在路边吃美味的挺举鸡汉堡
121

第六章
超廉价美食：蒜香黑炒饭
147

第七章
轻松上手的日式美食：令人眼花缭乱的鲍鱼盖浇麦子饭
171

第八章
香料飘香的路边摊美食：土耳其烤肉丸和卡真鸡肉
199

第九章
夏末的至高果实：一粒葡萄
215

尾声
最美味的饭菜由我们来做
243

序 章

骤变为黑心企业的公司

天空乌云密布，新宿副都心的大楼被笼罩在雨雾之中。

耳机中传来的电子摇滚乐跟阴郁的景色十分般配。自六月下旬以来，雨就没停过，网上的新闻说梅雨季节已经到了。

真锅顺平将视线从窗外移回到电脑屏幕上，开始操作鼠标。

液晶显示屏上是一个半成品的网站页面，旁边的浏览器窗口中则是一个大型留言板。他现在正在浏览标题为"听说在婚活[1]派对上，有钱的男人比帅哥更吃香"的帖子。

他时不时刷新着留言板的页面，再次开始工作。要是被人看到一定会觉得他在偷懒，好在员工的办公桌被划分成了一个个的独间，中间用隔板隔开。

这里是Global Eggs股份有限公司的总部大楼。

大楼一共十五层，顺平工作的市场营销部在十二楼。周围到

---

[1] 婚活：结婚活动的简称，指未婚男女以结婚为目的进行的各种活动，包括但不限于相亲派对、联谊、征婚等。

处都是高楼大厦，让人有种这里也并不是很高的感觉。

　　Global Eggs 是一间享誉信息服务界和网络教育界的大公司。六年前，顺平进入公司时的职位是系统工程师，负责门户网站的开发。

　　当时开发的是和以小动物为主题的热门杂志《兔与龟》的合作网站，但大约在三年前《兔与龟》停刊，顺平也被调到了现在的部门。

　　顺平现在的职位是网页设计师，负责设计和更新公司的网站。他在被调职时对设计一窍不通，所以十分担忧。不过多亏他私下花了大把时间学习，总算达到了能勉强做好这份工作的水准。

　　话虽如此，顺平现在负责的是面向主妇群体的时尚网站"妈友！"和面向孕妇群体的网站"孕美丽"，让他怎么也提不起兴趣。

　　顺平觉得自己才二十八岁，还没到需要担心婚事的年龄，但这段时间他却格外关注婚活。大概是因为自己天天看的都是跟主妇有关的东西吧。

　　时间到了十二点，网络广播开始播放音乐，宣告了午休的开始。

　　顺平取下耳机，大大地伸了个懒腰。

　　电脑屏幕上显示有一条来自稻垣秀夫的信息。

　　"中午吃什么？"

　　顺平回复说"今天吃外卖"。

办公室内部的交流大多通过通信软件进行，只有在开会或吃午饭的时候才会跟上司和同事直接交谈。外线的电话由办事员接听，上班时没有太大的社交压力。

稻垣是部门主任，比顺平大一岁，时不时会邀请顺平一起吃午饭。然而偌大的公司连个员工食堂都没有，外面的餐馆又很挤，这种天气情况实在是让人不想出门。

"低卡路亭"的盒饭已经送到前台了。"低卡路亭"是Global Eggs旗下的分公司，主营盒饭外卖，店如其名，卖点是低卡路里的健康餐食。

盒饭的菜品一日一变，有六百五十日元的常规套餐和八百五十日元的豪华套餐可供选择。今天常规套餐的菜品是豆腐肉饼、土豆沙拉、煮羊栖菜和炒牛蒡。

十二楼有一处休息区可以吃饭，但那里的人流量太大，让人心烦。

顺平决定在自己的独间里吃盒饭。

盒饭的调味清淡，肉的分量也少，让人觉得不满足。要是豪华套餐的话，就有烧鸡肉和蔬菜土豆饼了。早知道就点豪华套餐了。但顺平转念一想，自己这份工作需要整天待在空调房里对着电脑，还是不要摄入太多的卡路里比较好。

顺平一边吃着便当，一边浏览在大型留言板上引发热论的婚活网站。两年前他跟从大学时代开始交往的女友分手,自那之后便与恋爱无缘。

连女朋友都还没有就想着要结婚,逻辑似乎有些过于跳跃。这都是因为五月长假里回八王子的老家时,父亲在饭桌上提出的那个唐突的问题。

"你有女朋友了吗?"

当了一辈子公务员的父亲生性刻板,那是他第一次跟顺平聊这个话题。

顺平被问得不知所措,说了句"没有"。父亲听后不满地说道:"我二十八岁的时候都不知道结婚多久了,顺一都出生了。"

顺一是大顺平三岁的大哥,在国家财政部工作。

"那又怎样?"

听顺平这么说,母亲插嘴道:"要是有了合适的对象,差不多也该安定下来了吧?"

"要结婚也是大哥先结吧?"

"顺一现在正是需要拼搏的时候,等他出人头地再结婚也不迟。"

父母总喜欢拿从一流国立大学毕业、当上政府官员的大哥跟顺平做对比。顺平虽然明白大哥跟毕业于二流私立大学的自己不同,大哥是个社会精英,但他平时都不怎么回老家看望父母,父母却还总是向着他。

"你的意思是我不会出人头地了，所以差不多该结婚了吗？"

父亲皱着眉叹了口气，母亲开始打圆场："你爸跟我都想早点儿抱孙子啊。"

"就算你们想抱，没对象我也结不了婚啊。"

"反正总有一天你要生孩子的，还是赶在我们身体尚且健康的时候生比较好。不管是老婆生完孩子想工作，还是你们小两口儿想去旅游，我们都可以帮着带孩子啊。"

尽管父母这样为了抱孙子而催促儿子结婚的行为让顺平气不打一处来，但他无法否认，自己现在的生活确实是有些乏味。每天工作到八九点下班，周末休息，当然工作忙的时候就另当别论了。

像欢送会、欢迎会、酒会这样的职场社交活动也很少，每天都能早早回家。但也正因为如此，让人感觉独处的时间格外漫长。

半个多月前患上感冒病倒时，顺平切实体会到了自己无依无靠，发了高烧，饭都吃不下。这种时候，孑然一身的孤独感就会被无限放大。

要是这种时候有个女人来照顾我就好了——出于这种想法，顺平对结婚产生了向往。尽管收入不算太高，但自己现在的生活还算稳定。

根据网上的问卷调查，在考虑结婚对象时，女性能接受的最低年收入排行榜的第一名是四百万日元。自己的年薪也勉强超过四百万日元了，这样也算是满足婚活的条件了吧。

顺平通过婚活网站上的试用搜索找到了一个信息栏里写着"晴香，二十五至三十岁，医疗工作者，体形较瘦"的女性资料。就在这时，稻垣又发来了一条信息。

"午休结束后，去一趟人事部。"

顺平眨了眨眼睛。

这个时期不会有人事调动，到底叫自己过去有什么事？顺平满腹狐疑地询问稻垣是什么事，稻垣回答说"不清楚"。

时间到了一点，顺平走出办公室搭上电梯，前往位于十四楼的人事部。上一次去人事部还是被调到现在这个部门的时候，那已经是三年前的事了。

顺平走出电梯，进了人事部。他在前台报上自己的名字后，便被带到了一间小会议室里，前台的女员工只说了句"科长马上就来"后便离开了。

小会议室里十分冷清，什么装饰都没有。细长的桌子被六把椅子环绕着，墙壁上挂着个白板，除此之外什么都没有。这种情况下，顺平分不清哪里是上座，就选择离门最近的椅子坐下了。

没过多久门就被打开，一个下巴四方的"国"字脸男人拿着资料进了会议室。上次来时的负责人大概有五十多岁，而这个男人看上去还不到四十岁。

顺平起身向他鞠了一躬，男人点点头，把名片递给了他。

名片上写着"人才支援部科长　钵元隆"，尽管看到他的职位不属于人事部有些奇怪，但顺平还是在椅子上坐下了。钵元坐到了他的对面。

钵元从资料里取出一张 B5 尺寸的文件，开始宣读。

"调令。真锅顺平先生，即日起调动至人才支援部。平成××年六月二十×日，Global Eggs 股份有限公司董事长兼 CEO，甘糟大志。"

顺平一时哑口无言。

钵元继续说道："就是这么一回事，从今天起，你被调动到人才支援部了。"

"这……人事调动的时候，不是应该先有内部通知吗？"

"一般情况下是那样没错，但这次是社长[1]亲自任命的。"

"即日起也太急了吧？这样工作的交接也没办法……"

"这你不用担心，人事部已经安排好接任你工作的人了。"

"这么说来，这事情是早就定了的吗？"

---

[1] 社长：日本公司经营的最高负责人，相当于中国公司的总经理。

"你要是不满意的话,有其他选择。"

"不是说我满不满意,我连人才支援部在哪里都不知道。总该给我些时间准备搬家吧……"

"目前来说还没有搬家的必要。人才支援部就在这栋楼的地下三层。不过近期有打算在分公司也开设相同的部门就是了。"

顺平听说是在地下三层,越发觉得不妙。他询问钵元人才支援部是个怎样的部门。

"人才支援部是专门为有问题的员工开设的,附属于人事部底下的一个新部门。"钵元用丝毫不掺杂感情的语调回答道。

顺平咽了口口水。

"我……我有什么问题吗?"

"这是根据人事考核平均分得出的结果,具体是什么问题,我也无法回答。不过,我们人才支援部,就是这样一个给人重新审视自己的机会的部门。要我说的话,这算是一个让员工自我反省的机会吧。"

"自我反省?"

"对,请你重新挖掘自己的优点、发现自己的缺点、分析自己最适合做什么工作。"

"都工作这么久了还做自我分析……我又不是在找工作的应届生了。"

"你说得没错，请把人才支援部想象成一个在公司内部进行求职活动的场所。"

"啊？"

"你的任务就是去寻找适合自己的职位。"

据钵元所说，人才支援部里没有特定的职位，需要到各个部门去接手杂活儿，等待公司需要自己的时候。

顺平听后惊得瞠目结舌："说白了就是裁员吧？"

"公司并没有解雇你，所以不是裁员。我刚才也说了，如果你不满意的话，有其他的选择。"

"什么选择？"

"一种是把户籍暂留在人才支援部，平时常驻转职介绍所，寻找新的职位。如果成功找到工作了，一开始的半年时间将以在籍派遣的形式在新公司进行工作，工资的差额公司会补上。半年后户籍会转移到新公司所在地，到时候就视为正式转职了。"

"如果半年时间内没找到新工作的话，会怎么样？"

"应该还是会转籍吧。这种情况下公司将不会增加遣散费等补贴的数额。"

"转籍就意味着辞职，果然还是裁员啊。"

"还有一种选择，就是留在人才支援部。"

"只要我进行了自我分析，就能被分配到想进的部门吗？"

"公司不认可员工的个人申请,只有在其他部门愿意接纳你并提出申请的情况下,公司才会进行审核。"

顺平叹了口气:"这得等到猴年马月啊?"

"尽管你的人事考核等级是最低的 E 级,但公司不会强行辞退你。只不过将来人才支援部可能会从总部划分出去,成立新的分公司,那时候你的身份就自动变为派遣员工了。"

"说到底还是要被赶出公司啊。"

"如果不希望被外派的话,就请努力寻找合适的部门吧。"

钵元这么说道,露出了讥讽的微笑。

顺平悄悄回到了市场营销部。

同事们都坐在自己的独间里,面朝着电脑。因为中间隔着挡板,谁也没朝他这里看一眼。真是让人心酸啊!

上司稻垣不在位置上,说不定是知道了顺平的情况,不想跟他见面了。

顺平走进自己的独间,将自己被调职的事通过通信软件告诉了同事们。过了一会儿,大家纷纷回复了。

"难道是晋升了吗?一直以来辛苦你了!"

"太遗憾了!以后有机会的话再一起出去玩吧。"

"一直以来承蒙您关照了。希望您到了新的部门后,也能保持与生俱来的乐观开朗，工作步步高升，生活蒸蒸日上。"

既有漠不关心的回复，也有像是从职场用语集中摘抄出来的一本正经的回复。不过所有人都还是坐在自己的独间里，没有人直接过来找顺平说话。

尽管顺平想找他们搭话，但钵元让他马上搬到人才支援部。他匆匆整理了个人物品，收拾了办公桌的抽屉和周围的杂物。

顺平本以为在自己整理的时候会有谁过来找他，但看到大家还是待在各自的独间里，顺平也失去了跟他们打招呼的兴致。如果他在信息里告诉大家这次的人事调动更接近于裁员，说不定大家的反应就会更强烈一些。不过，顺平并不喜欢被人同情。

顺平抱着私人物品，走在排列整齐的独间之间。同事们完全不看向这边，只是一动不动地盯着电脑屏幕。

顺平走出办公室，再次搭上电梯。

地下一层出租给了牙医诊所和健身俱乐部之类的地方，地下二层是停车场，顺平还没去过地下三层。

他在地下三层下了电梯，走在昏暗的走廊上。不知道是不是为了省电，天花板上的荧光灯有一半是灭的。走廊上一个人都没有，左右两边尽是配电间、锅炉室、防灾管理室这样平日里和顺平无缘的地方。

这种地方真的有办公室吗？

顺平深感诧异，不过还是继续往里走。走廊的尽头有一扇仓库门一样的金属大门。门上有一张用透明胶粘着的A4复印纸，上面用寒碜的明朝体[1]打印着"人才支援部"五个字。

"该……该不会是这里吧？"

顺平忍不住自言自语道。他打开门，眼前的景象让他不禁怀疑自己的双眼。

再怎么看这里都是间仓库。

墙壁和地板都是光秃秃的混凝土，天花板上管道交错。房间的大小跟排球场类似，地上到处堆积着纸箱，里面连桌子和椅子都没有。

房间里有十几个人，正在把箱子搬到地上，再搬上手推车。目睹这令人难以置信的光景，顺平站在原地动弹不得。这时，一个年近五十岁的男人朝这里看了一眼。

"你也是被调到这里来的吗？"

"……嗯。"

"那快来帮忙吧，把这些箱子运到外面去。"

顺平吃惊地眨了眨眼睛。

"人才支援部，是……是做这种工作的吗？"

---

1 明朝体：电脑中日语的常用字体之一。

"我也不知道是做什么工作的,但不把这些搬走,连桌子都摆不下啊。"

顺平把私人物品放在地上,跟跟跄跄地走向纸箱堆成的小山。

第一章

| 解宿醉的零难度汤咖喱 |

电车里一如既往地挤满了人。

阳光透过车窗射进车里，耀眼得让人觉得不像是早晨。梅雨季在上周结束了，近几天的天气都是令人烦闷的酷暑。

顺平双手抓着吊环，忍受着周围的挤压。乘客们紧贴着顺平，他们身上传来的体温让顺平十分不快，然而他却动弹不得。

如果只是这样也就罢了，糟糕的是顺平昨天喝酒喝过了头，现在宿醉十分严重。

头疼欲裂，口干舌燥。在离开位于吉祥寺的公寓前，顺平灌了好几大口矿泉水，但还是杯水车薪。

不知道是不是因为早上什么都没吃，顺平感到有些烧心。每当打呵欠时，他都有种要吐的感觉。在这种状态下出勤，大概也完成不了什么工作吧。尽管身体还渴望着睡眠和水分，但手表的时针已经指向八点了。

在市场营销部时是不用打卡的，所以稍微迟到一些也没有问题。但是现在只要没在八点半之前打卡，就会被算作迟到。

顺平已经被调到人才支援部一个月了。

把纸箱清理干净后，室内多少变得像样了些，但这也无法改变房间里洋溢着的仓库感。别说独间了，连办公用品都没有，只有员工们自己搬进去的桌椅。而且那些桌椅早已陈旧不堪，上面满是多年积攒下来的污迹。

人才支援部里唯一的新东西，是放在房间靠里位置的一台八十英寸的显示屏和一台DVD播放器。要是能看电视的话就算了，问题是房间里连天线都没有，这两样东西只有在每周钵元强迫部员们观看社长的视频寄语时才会用到，除此之外毫无用处。

通过这次人事调动被调到人才支援部的有十二人。

年龄从二十多岁到五十多岁不等，其中有三名女性。之后顺平问过大家，得知所有人都跟自己一样是突然接到调令被调到这里的。

虽然这次被调过来的员工里有之前位居管理职位的人，但在人才支援部，只有科长钵元一人有职位。一个部居然没有部长，说来也是奇怪，除了钵元之外，其他人都被视为普通职员。

人才支援部的十二个人按四人一组分成了三个小组，每组中最为年长的员工被任命为组长。当然，这个所谓的组长也不是什么正式的职务，只是为了管理之便而设置的。

钵元的桌子被设置在门边,以便监视部员。然而钵元几乎很少待在自己的位置上,大部分时间都在人事部。虽说如此也不能掉以轻心,因为钵元总是会突然回来。

钵元经常突击检查打卡情况,还会时不时地在笔记本上记录大家的工作情况,却不给部员指派具体的工作。因此大家的工作就是四人一组,奔波于各个部门间揽杂活儿干。

这一个月时间里顺平干的活儿尽是宣传册装袋、剪贴报纸、复印公司内部文件以及检查办公用品的库存这样机械性的工作。

据钵元说,这是为了让他们在做杂活儿的同时,找到需要自己的部门。为此他甚至还让大家写了在公司内部求职时用的简历。

顺平在原来的部门工作时,上班可以穿便装。但到了这里后,被要求必须穿西装、打领带。在这样炎热的天气里要人穿西装,不管怎么想都是在故意找碴儿。

为了裁员成立了人才支援部,这件事立刻传遍了公司,各部门的人都对顺平投来冰冷的目光。就算他想跟其他部门推销自己,但自己做的尽是些谁都做得了的简单工作,完全展现不出自己的工作能力。

"真是辛苦你了,加油!"

极少数情况下会有人对他说些慰问的话语,但是如果一直没有部门需要自己,顺平就永远没办法离开人才支援部。

人才支援部的员工别说是职务了，就连名片和ID卡都没有，电话也只能打内线。顺平把自己之前使用的笔记本电脑带了过来，但上班时不允许听音乐，而且也连不上公司内部网络，因此通信软件也无法使用。

虽然可以正常使用一般的电子邮箱，但因为担心员工泄露对公司不利的信息，所有邮件都要经过人事部的审核后才能发出。先前的上司和同事也因此有所忌讳，即便顺平给他们发邮件，他们也从不回复。

人才支援部在午饭问题上也有特别的规定，不能把除了"低卡路亭"之外的盒饭带进部门里。理由是为了减少垃圾。

确实，"低卡路亭"会在顾客吃完盒饭后回收饭盒，但其他的部门并没有这样的规定。也许是因为"低卡路亭"是子公司，所以试图用这种方式提高销售额吧。

有一个同事询问了钵元，他的回答是："这里通风不好，食物的味道散不掉。有些员工可能会在意这个，所以如果大家都吃一样的盒饭，味道都一样，就不会有这个问题了。"

这个借口也太差了。常规套餐和豪华套餐的味道根本就不一样。一定是因为没有工会，上面才敢这样为所欲为吧？

都把员工逼到这个境地了，钵元却从不催促部员辞职。那张"国"字脸上总是浮现着冷酷无情的笑容。

"各位所做的并不是打杂,而是为了让其他部门接纳自己所进行的自我宣传。没有部门愿意要你们,只能说明各位平时工作不上心。"

他总是这样给部员们施加压力。

部员们还时不时地参加适应性判定测试。一会儿考推论,一会儿考论证;一会儿考鸡兔同笼,一会儿考计算利润;一会儿考同义词、反义词,一会儿考语法。尽是些求职时做过的 SPI 测试[1]一样的问题。做完后,钵元却又不告诉大家结果如何。

好几个人无法忍受这种耻辱的待遇,已经申请常驻转职介绍所,但这些申请却都因"与介绍所协商未果"被驳回。

看样子公司是打算等员工自发辞职了。至今为止已有包括两名女性在内的四名员工辞职,小组从三个减到了两个,正中公司下怀。

为什么自己会成为裁员的对象?

虽然不清楚理由,但似乎有可循之迹。两年前,前任社长突然去世,他的儿子甘糟大志便就任了社长兼 CEO 的职位。

顺平听说自那之后公司业绩就呈下滑趋势,非应届入职的员工接连辞职,与之相对,派遣员工则多了起来。

---

[1] SPI 测试:由日本 Recruit 公司人事部开发的综合适应性测试(synthetic personality inventory),分为性格测试和能力测试两部分,在日本企业的入职考试中被广泛使用。

不过因为市场营销部的员工都是应届入职的正式员工,所以当时没有受到太大的影响。顺平也因此以为自己年纪尚轻,还是正式员工,不至于走到被裁员这一步。

他不曾想到自己就这么突然地被调到了一个只能干杂活儿的部门。

婚活什么的是别想了。顺平现在不知如何是好,只能一味地烦恼,却想不出任何解决办法。一到晚上就难忍重负,忍不住要喝酒。

昨晚顺平就一边看着网上一个标题叫"我在黑心度排名第一的公司上班,各位有什么想问的吗?"的帖子,一边喝着罐装碳酸烧酒跟罐装鸡尾酒,一直到天亮。

这就是顺平宿醉得这么严重的原因。

电车驶入新宿站的月台。

时钟指向八点十五分,离迟到只有不到十五分钟了。

顺平下了电车,在新宿站拥堵的人群间穿行。

刺眼的阳光一照在身上,顺平就被晒得汗流浃背,头痛欲裂。由于平时缺乏运动,他越来越感到上气不接下气,但他无论如何也不能迟到。

顺平抵达公司时感觉自己像是参加了一场铁人三项赛一样。

电梯前大排长龙。顺平叹了口气,走着楼梯一路向下,冲进了人才支援部。在打卡的同时他看了眼时间,正好八点半。

其他人都已经到了,大家都一脸心不在焉地坐在桌前。

同组四名成员的办公桌被拼在一起,中间没有隔板隔开,其他组员们的样子一览无遗,一点隐私都没有。

顺平刚坐上自己的位置,就倒在了桌子上。

在酷暑中奔跑使他全身大汗淋漓。照理说进了公司应该会凉快一些,但人才支援部的空调状况不佳,冷气效果很差。

因为没有窗户,想通风都没办法,室内总是非常湿热。明明位于地下三层却这么闷热,想必是因为边上的锅炉室跟配电间。

顺平想要喝点冷饮,身子却动弹不得。

"你没事吧?你看上去不太舒服啊。"

坐在对面的饼田果苗向他搭话。顺平连抬头的力气都没有,只能保持趴着的姿势,回了声"嗯"。

果苗小顺平一岁,今年二十七,在以前的部门位居总务。她有着一张圆圆的娃娃脸,头发扎成两束辫子,戴着看上去度数很高的黑框眼镜。

她是现在人才支援部仅存的一名女性员工,有点驼背,平日里素面朝天。性格有些迷糊,平时的言行举止让人觉得她就是个"傻大姐"。

她会时不时两眼放空,一动不动地发起呆来。要是向她搭话,问她怎么了,她就会露出被吓了一跳的表情。

"饼田,你在看什么?"

"啊,没有。我只是不小心走神了一下。"

说不定这种特点就是她被调到人才支援部的原因。

坐在斜前方的组长麦岛信吾总是拘泥于小事,抱怨的嘴从没停过。

"不行啊,不行啊。"他今天也是一如既往地用手撑着脸,发出郁闷的声音。

麦岛今年五十岁,据说今年春天才刚从关西分部调到总部。

他把妻子留在大阪,孤身一人搬到了这里,却突然左迁被调到人才支援部。他先前的职务是宣传部科长,降职幅度非常大。他也正因为如此而显得十分失落。

"调过来后,又变薄了哇。"

他成天都在用小镜子照着秃了一块的前额,发着牢骚。

不知是出于心中不安,还是想偷懒,麦岛经常离开自己的座位。不过毕竟他的年纪摆在那里,大家也不方便说些什么。

小组里还算有些精神的,只有坐在顺平身边的鱼住贤太郎了。

鱼住今年三十岁,身材不高,却十分结实。他有着一双讨人喜欢的大圆眼睛和厚厚的嘴唇。他原本是业务部的,因此嗓门儿

解宿醉的零难度汤咖喱　　**023**

很大，平时也是一副干劲十足的样子。

鱼住今天也是一大早就在做热身体操，说着"好，今天也要努力工作！"以此来激励自己。他工作十分积极，乍一看似乎挺有能力的，但毕竟也是个被踢到人才支援部的人，想必是哪里有些问题吧。

不过顺平其实并不怎么在乎同事的事。

钵元嘱咐部员们平时不要跟同事合作，除非是工作需求，否则也不要跟同事一起行动。对此钵元是这么解释的："一群有问题的员工就算互相交流，也对自身毫无帮助。你们之所以在这里，目的是要解决自己身上存在的问题。"

顺平在桌上趴了一会儿，口渴程度已经达到了极限，再这么下去可能就要脱水了。市场营销部的办公室里有饮水壶，但人才支援部里就没有那种贴心的东西了。

这里既没有冰箱，也没有饮水间。要是渴了，就必须到地下二层的自动售货机去买饮料。就在顺平下定了好似要登上珠穆朗玛峰一样的决心站起身时，钵元开门走了进来，顺平只得灰心丧气地坐回椅子上。

钵元将显示屏的电源接通，将 DVD 放进播放器里。光看他这个动作，顺平就知道接下来会发生什么，不禁郁闷了起来。

那是来自 Global Eggs 社长兼 CEO 的甘糟大志的视频寄语。

视频寄语会以每周一次的频率发给全体员工，但并不会强制大家观看。

可是到了人才支援部这里，就变成每次看完后都得写观后感。

观后感每次被钵元收上去之后就再无下文，也不知道上面的评价如何。之所以特地用大屏幕播放，是因为在这里电脑连接不上公司的内部网络。

身为公司创立者的前任社长的儿子，甘糟虽然才三十五岁，但已经从美国的一流大学毕业并取得了工商管理硕士学位。他五官深邃，有着一身像是用机器晒出来的小麦色的皮肤，很受女性员工们的追捧。不过，自从入职仪式在讲坛上见过他一次之后，顺平就再也没见过他本人。

甘糟去年才和当红女演员结婚引起社会热议，现在却已经有电视节目和杂志报道称他疑似出轨。网上说他的兴趣是去健身房和收集名车。

甘糟跟自己不是同一个世界的人，顺平对他并没有什么兴趣，问题是甘糟的发言实在是太过莫名其妙了。屏幕上的甘糟已经用飞快的语速开始说话了。

"因此，这样的 agenda 需要我们去 share，不能把 evidence 给 excuse 了。为了 commit user experience，需要我们有能 deploy innovation 的 vision，也就是能实现 acquisition 的 architecture interaction model 的 launch。所以，各位需要好好管理自己的 routine task……"

顺平用空洞的眼神看着画面，倾听着甘糟的话语。

因为干过系统工程师和网页设计，顺平对这些外来语有着一定程度的了解。但甘糟的话中充斥着具有多重含义的词汇和各种误用，导致顺平几乎无法理解他在说什么。

本想要记笔记以便之后写感想，却根本无从下笔。

因为宿醉，顺平的脑子本来就像一团糨糊了，这种情况下还让人听这种莫名其妙的长篇大论，可以说是一种酷刑了。可话虽如此，如果什么都不写，就会被人以为自己在偷懒。

"我重新认识到为了 commit user experience，我们需要能 deploy innovation 的 vision。此外，也不能轻视 routine task……"

就在顺平写着连自己看了都一头雾水的感想时，坐在一旁的鱼住看向顺平手边，开始奋笔疾书。

"抄我的也没用啊，我根本搞不懂他在说什么。"顺平低声说道。

鱼住则像是拼了命似的动着笔："稍微给我看一下啦，我一点都不知道该写什么。"

在鱼住抄着自己的感想时，顺平看向另一个小组，四个男人都拿着笔，垂着脑袋。他们组全是四五十岁的男人，个个都长着一张看起来很容易被裁员的脸。小组成员之间几乎不交谈，四个男人平时都是一脸的凝重，散发着负能量。

视频寄语的开头讲的是跟工作有关的内容，最后还会有一个"每周一悟"栏目。讲的都是他又遇见了某个名人，或者是住在某酒店时被其服务态度感动了之类的，这种炫耀自己私生活的内容，让人听了心中燃起一股无名火。不过也只有到了这个栏目时，顺平才听得懂他在说些什么。

"嗯，前几天，我买的第二辆法拉利到货了，是新款的488GTB。我被多气缸发动机独有的声音感动了。这周末，我打算开着它去箱根的弯道上试驾……"

经过了令人煎熬的漫长时间后，视频终于结束了。

钵元收了观看感想离开后，办公室中响起了此起彼伏的叹气声。

顺平踉踉跄跄地走出人才支援部，前往地下二层。在自动售货机旁大口灌了一瓶矿泉水后，顺平感觉好些。

尽管如此，宿醉还是难以消解，早上的工作进展得十分不顺。

今天的工作是把经标签印字机处理过的胶带贴在办公用品和资料上。这份工作比平时的其他工作更无聊，顺平总是一不留神就分心，一会儿把字印错，一会儿把胶带贴歪，接连不断地犯着这些低级错误。

马上就要到午休时间了，不过办公室里没有窗户，导致待在办公室里的大家对时间都没什么概念。同事们在闪烁不定的荧光灯下一言不发、努力工作的样子，让这里像极了家庭手工作坊。

大白天的，在新宿的中心干着这种无聊工作的，也只有自己和同事们了吧。顺平这么想着，又把标签贴歪了。

"唉，又搞砸了。"顺平自言自语道。

坐在对面的果苗推了推黑框眼镜："又搞砸了吗？"

果苗先是不小心把"禁止带出"打成了"金子带出"，接着又把印着"请示书"的胶带贴在了电脑的电缆上，完全进入了"傻大姐"模式。

顺平真是没想到自己会被这样的一个"傻大姐"问"又搞砸了吗"。

就在他沉默不语时，果苗又开口了："你果然状态不太好啊，脸色也很差。"

"嗯，大概是因为宿醉吧。"顺平终于回答道。

隔壁的鱼住撕开胶带上的薄膜，说道："解宿醉的最好方法就是好好出点汗，今天我们去外面吃午饭吧？"

"外面很热啊，我吃'低卡路亭'就好了。"

"那盒饭味道那么淡，还卖六百五十块，太贵了。老婆减了我的零花钱，我得找家更便宜的。"

"为什么要减你的零花钱啊？"

"昨晚我把调到这里的事告诉她了。她气得半死，问我为什么被降职。最后她把我一个月三万块的零花钱减半了。"

"包括午饭钱在内,一个月才一万五,有点少啊。"

"就是说啊。要是再吃'低卡路亭'的盒饭,我就连买果汁的钱都没了。但这边又不允许吃泡面……"

"真的很不方便啊。我当总务的时候,都是自己亲手做盒饭的。"果苗这么说道。

"这就是公司在找我们的碴儿啊。"鱼住说道,"自己做盒饭的话肯定不会产生垃圾,根本没有理由禁止。他们只不过是想让分公司赚钱而已。"

"虽然我也不想吃'低卡路亭',但是午饭时间到处都很挤吧?想找家有位置的店,可能找着找着午休时间就过了,搞不好还会迷路……"

大概半个月前,果苗去地下二层买罐装咖啡,结果找不到回人才支援部的路,四处徘徊了好久。顺平想起这事,说道:"饼田,你就连在公司里都会迷路啊?"

"就是说啊,要是一个人出去的话肯定会变成午餐难民的。"

公司地处日本首屈一指的办公区,因此一到午饭时间,到处都挤满了上班族和白领。很多店前都大排长龙,所以经常会有人吃不上午饭,变成午餐难民。

像果苗这种迷糊的人,想要在外面吃上午饭可以说是难于上青天。她似乎是个路痴，自从调到人才支援部后，经常在走廊里四处徘徊找不到路。

"干脆别吃午饭，就当减肥好了。"

听顺平这么说，果苗眨了眨眼睛。

"我有那么胖吗？"

"不是，我不是那个意思。"

顺平急忙摆了摆手，但果苗还是叹了口气。她可能是真的很在意自己的体形吧。

"那要不就不吃了吧。"

"那怎么成？"麦岛插嘴道，"被调到这种部门来，心情肯定不好。要是不好好吃饭，会生病的。"

"麦岛叔午饭好像一直都是在外面吃，都吃些什么呢？"鱼住问道。

麦岛皱着眉头答道："就是去附近那家立餐荞麦面店啊，虽然东京这里的荞麦面和乌冬面都很难吃，不合我的胃口。"

"整天吃立餐的话，会营养不足的啊。"

"我在省钱，老婆和女儿都在跟我要钱。"

麦岛有一个读高二的女儿，在这种情况下被调到人才支援部，真是雪上加霜。

"真是不行啊。"麦岛说道，"一点支援都不给我们，还叫什么人才支援部?还有,我很讨厌部门名里的这个'财'字[1]。明明把我们当大型垃圾一样对待,还有脸说什么财?"

"我也觉得用木材的'材'就行了。"

听鱼住这么说,麦岛嗤之以鼻。

"这种部门,连木材的'材'都不配用。用犯罪的'罪'还差不多。支援部的'支援',也应该改成私人恩怨的'私怨'[2]。"

麦岛用标签印字机在胶带上打出"人罪私怨部",贴在自己的电脑上。麦岛已经在公司工作多年,因此对公司的这一举措似乎抱有极大的怨念。

午休临近,顺平看了眼"低卡路亭"的菜单。今天的常规套餐是炸茄子、清炖金枪鱼、黄瓜胡萝卜拌粉丝和煮卷心菜。

一如既往的健康,但这未免也有些健康得过头了。宿醉的时候总会想吃点有汁水的东西。顺平对鱼住说:"我还是去外面吃吧。"

"是吗?那一起吃吧。"

"那个……我也可以跟你们一起吗?"果苗问道。

"当然了。"不等顺平反应,鱼住就立刻回答道。人数多的话能进的店就少了。现在的问题就是要去哪里、吃什么了。

顺平对麦岛常去的店有些在意,向他询问了店铺的地址。

---

1 "人才支援部"在日语原文中写作"人财支援部"。"人才"在日语中的另一种常见写法是"人材"。
2 在日语中,"财""材""罪"三字同音;"支援"与"私怨"同音。

麦岛回答道："那家店客人很多，四个人是找不到位置的。"

"那麦岛叔要不要跟我们一起吃？"鱼住问道。

麦岛摇了摇头："我就算了，反正在东京什么都难吃。"

在三人决定好要去哪里之前，午休时间就到了。

麦岛一个人去了那家立餐荞麦面店，剩下的三人则在办公区内漫无目的地游荡。

正如顺平所料，不管哪家店都是大排长龙，没有位置。

他看见一群胸前挂着ID卡的上班族。他们似乎已经用餐完毕，一脸满足的样子，让顺平羡慕不已。

如果是高级餐馆，大概还有位置，但自己现在连ID卡都没有，根本花不起那个钱。

三人进了好多家店，都被告知没有空位，时间就这么慢慢流逝。炎热的天气让办公区酷暑难耐，光是走动都十分消耗体力。

"这么下去可不行啊，我们在附近买个盒饭去公园吃吧。"

Global Eggs的不远处就是新宿公园。顺平原本想在有空调的地方吃饭，但他实在是疲于在餐馆间奔波，于是也赞同了鱼住的提议。

然而不知怎的，三人到处都找不到售卖盒饭的路边小摊。

"奇怪啊，以前这里到处都是盒饭摊的。"

听顺平这么说,果苗回答道:"好像有很多都被整治了,因为不卫生。"

"但并没有出现食物中毒的案例吧?"

"有些路边摊的小贩不遵守规定,大概是因为这个被附近的店铺投诉了吧。"

"说到底,"鱼住说道,"大整治伤害的都是那些做小本生意的人和我们这样的普通上班族,这下只能去便利店买东西吃了。"

然而就连便利店的收银台前都大排长龙,连个饭团都买不了。酷暑和口渴让顺平又开始出现脱水的征兆。

早知如此,当初就该订"低卡路亭"的便当才对。

在逛过便利店后,顺平说道:"我们回公司吧,再这么下去我会在饭前昏倒的。"

"没办法啊,看样子午餐是没法吃了。"鱼住叹气道。

这时,果苗插了话:"要不要到公司后面去看看?说不定那里的店会有位置。"

Global Eggs 的正面是一条大路,平日里人来人往,但后面的小路就连白天都很冷清。小路两旁有好几家餐馆,听说没一家好吃的,所以同事们都尽量避免去那里用餐。

鱼住似乎也知道那几家店风评不佳,显得有些犹豫。

"不过不管多难吃,只要能填饱肚子就行了吧。"

"嗯，反正也顺路。"顺平说道。

三人返回 Global Eggs，走进了大楼后方的小巷。跟往常一样，路上连一个人影都没有，但不一样的是，今天每家店里都挤满了人。

一辆红色的法拉利从 Global Eggs 的停车场开了出来，那就是之前甘糟买的那辆吧。

鱼住在目送法拉利开走后说道："真羡慕社长啊，不用像我们一样为午餐所困。"

"我之前当总务的时候听说，社长不管是午餐还是晚餐，都只去登在米其林指南[1]里的餐厅。"果苗说道。

顺平"啧"了一声。

"无所谓了。天气这么热，我们赶快回去吧。"

就在三人正准备从后门进入公司时，咖喱的香味扑鼻而来。

回头一看，后门的正对面是一栋窗户上贴着"九龙爆肉贸易公司"几个字的大楼。看样子是家贸易公司，但让人搞不懂具体是做什么的。大楼边上是一块约四十平方米的空地，空地的另一边则是一栋有着"屠夫娱乐事务所"标志的大楼。

两栋大楼间的空地因为面积尴尬，不管买来盖什么都不合算，所以自从顺平进公司以来就一直无人问津。

---

[1] 米其林指南：法国知名轮胎制造商米其林公司所出版的美食及旅游指南书籍的总称。记录在其中的餐厅被称为"米其林餐厅"，等级由低至高分别为一星、二星和三星。

空地上停着一辆黄色露营车，车前放着画架，上面摆着一块黑板。黑板上用粉笔写着"盒饭五百元，每日不同菜色"。

咖喱的香味就是从那辆车里飘出来的。

车顶上放着一块写着"Spicy Gang"的招牌。车前站着两名身穿制服的女白领，没过多久就提着塑料袋离开了。

一名男性身穿黑色T恤衫，腰系围裙，低着头，看上去像是店员的样子。

乍看之下像是只做外卖的店，顺平仔细一瞧，一面遮阳篷从车顶侧面延伸出来，遮阳篷下则摆着木制的桌子和长椅。

鱼住一脸惊讶地说道："那家店之前在那里吗？"

"我是第一次看到。"

"我也是。"

顺平和果苗也一致表示没见过。

"欢迎光临！"三人刚走近车辆，一个年近三十岁的精瘦男人就向三人打招呼。他的皮肤被晒成褐色，嘴唇上长着细细的胡须。

他的外表让人觉得有点可怕，但又很讨人喜欢。男人脸上浮现出亲切的笑容说道："今天的盒饭是汤咖喱喔。"

他说一般情况下客人是打包带走的，但要在这里吃也没有问题。

"太好了，总算能吃上饭了。"

鱼住立刻在长椅上坐下，顺平和果苗也跟着坐下。男人说有普通口味和辣味可以选择，三人都选了辣味。

当被问及是什么时候开始营业的，胡须男再次露出微笑："今天。请多关照喔！"

车门敞开着，里面站着一个年近四十岁的男人，正拿着勺子在直筒锅里翻拌。他敞开着衬衫的领口，挽起袖子，穿着跟刚才那个男人一样的围裙。这个男人大概才是店主，他看起来一点都不亲切。

桌上摆着一个装着冰块和冷水的玻璃水壶以及一些纸杯。水壶里的水冰凉怡人，口感也很好，顺平一口气喝了三杯。

终于，看上去像是店主的男人通过车窗递过来三个饭盒。

顺平看到他的脸时被吓了一跳。他双眼细长，眼神尖锐，脸上还有一道很深的伤疤。长相还算不错，但总给人感觉不是一般的厨子。

男人似乎察觉到了顺平的视线，瞪了他一眼。顺平下意识地移开了视线。

"久等了。"

就在这时，胡须男出现，把盒饭和汤端到三人面前。饭盒内部分成三块，分别装有咖喱、米饭，以及看上去像是洋葱的某种腌菜。

咖喱的颜色暗中带红，香气扑鼻，但看不出里面放了些什么。米饭是鲜艳的金黄色，腌洋葱则是红色的。

顺平惴惴不安地拿起勺子，舀了一口咖喱往嘴里送。

香辛料的强烈香味冲进鼻腔，肉汁的浓郁口感和蔬菜熬煮后的甘甜在口中扩散开来,其中还带有少许苦味和酸味。

热汤淌入饱受宿醉折磨的胃里,顺平瞬间有了食欲。

顺平马上又吸了一口汤,舌头却突然被穿透力极强的辣味麻痹了。这辣度至少有辣椒仔辣酱[1]的几十倍,但余味却很清爽。

咖喱中只找得到富含胶质、弹性十足的肉块,蔬菜已经完全溶进了汤里。肉在被勺子舀起来的瞬间就四散开来,柔软无比。

细长的米饭似乎是外国产的,跟汤咖喱非常搭。腌菜果不其然是洋葱,清爽的酸甜口味作为配菜实在是一绝。

"真好吃啊!这样的咖喱我还是第一次吃到。"鱼住这么说道。

然而顺平的注意力完全被咖喱所吸引,无心回应他。他瞥了果苗一眼,发现她举着汤勺一动不动。

顺平叫了她一声,她猛地睁大了眼睛。

顺平笑着说:"你又走神了。"

"嗯,因为这好吃的程度真的超乎我的想象,吓了我一跳。"

一口咖喱一口饭,几个来回之后顺平已经浑身大汗。

"给,擦擦吧。"胡须男把湿巾递给三人。

顺平用湿巾擦着脸和脖子,没一会儿就把咖喱吃了个精光。

最后他将水一饮而尽,感受到了许久未有的满足。大概是因

---

[1] 辣椒仔辣酱:美国产的一款辣椒酱,以塔巴斯科辣椒为原料加工制成。

为咖喱的辛辣让人全身出汗,明明在室外却感觉很凉快。

顺平向前来收拾餐具的胡须男问道:"这是什么咖喱?"

"这是汤咖喱喔。"

"我……我不是这个意思,我是想知道里面放了什么。"

胡须男回头看向露营车。

"店长,能出来一下吗?"

脸上带疤的男人用毛巾擦了擦手,下了车。

早知道他会叫店长,干脆就不问东问西的了。顺平觉得自己这样像是刻意把他叫来问话一样,感到紧张不已。就在这时,伤疤男走到了桌前。

"很……很好吃,虽然有点辣。"

"这道咖喱一般是做成甜口的,有辣味是因为我加了印度鬼椒。"伤疤男冷漠地说道。

"印度鬼椒,是那个超辣的辣椒吗?"

"它的辣度有一百万史高维尔,现在排名世界第三。"

"史高维尔是……"

"是辣度的单位,普通的辣椒粉只有四万至五万史高维尔。"

"也就是说假设辣椒粉的辣度是五万史高维尔,印度鬼椒的辣度就是它的二十倍啊。"

"目前世界排名第二的是一百五十万史高维尔的特立尼达蝎子

辣椒，第一名是三百万史高维尔的卡罗莱纳死神辣椒。"

"听名字就觉得好厉害啊。"

"今天使用的印度鬼椒虽然辣，但是后劲却不强。"

"是啊。多亏了它，我的宿醉缓解了不少。"

"辛辣的汤咖喱能有效缓解宿醉。咖喱粉的成分跟中药是一样的，你知道吧？"

"嗯，只是一知半解，之前在电视上看到过。"

"咖喱中的姜黄就是中药里能防止宿醉的郁金，孜然跟香菜在中药里则是胃药。特别是天气热、没有食欲的时候，就更适合吃咖喱了。"

"怪不得我神清气爽了不少。"顺平说着，环视四周。

"做餐车生意真棒啊，我也想试试看。"

"要是有兴趣的话，就来试试吧？"伤疤男说道。

顺平苦笑道："我现在已经有一份工作了，而且这样的生意感觉风险很大啊……"

"是吗？现在这个时代，我觉得当上班族风险更大。"

"为什么？"

"万一被公司开除，就很难找到新工作了。"

伤疤男像看透了自己上了公司裁员名单的样子，顺平有些生气。这时，鱼住像是在圆场似的开口了。

"咖喱里的肉是什么肉？"

"是牛腱。"

"牛腱是用来熬制关东煮高汤的那个吗？"

"对。我用的是黑毛和牛的牛腱。"

"原来是国产牛，难怪那么好吃。"

伤疤男稍稍歪了歪头："和牛跟国产牛是不同的。和牛指的是从明治时代开始就生长在日本的本地品种，而国产牛指的则是在日本饲养了三个月以上的牛。所以不管是进口牛还是杂交牛，都有可能称为国产牛。"

鱼住低声感叹道："喔……我都不知道有这回事。"

"而且就算不是和牛，牛腱只要煮透了都很好吃。今天的咖喱是为了让口感更有弹性些，所以才选用了胶质丰富的和牛。"

"如果用了美国或者澳洲产的牛肉会怎样呢？"果苗问道。

伤疤男从围裙口袋里拿出七星香烟，叼在嘴上，用银色的芝宝打火机点上了火。

"如果是美国或者澳洲产的牛肉，口感相比之下就不会那么弹牙，但是肉香会更浓郁。因为价格便宜，所以在家做还是用进口牛肉就行了。"

"我平时也很喜欢做菜，但这样的味道，我在家可做不出来啊。"

"没有的事，只要牛腱煮的时间够久，谁都能做出好吃的咖喱，用高压锅的话还可以进一步缩短时间。"

"牛腱这样直接下锅煮就行了吗？"

"直接煮的话不仅腥，浮沫还多。为了去腥，得先用沸水把牛腱煮一分钟左右，然后把水倒掉，把肉洗净。接着把肉切成适合入口的大小放回锅里，在锅中一并加入大葱绿色的部分、生姜皮和一大把的蒜头，加冷水一起煮。水沸后要频繁撇除浮沫，如果水少了就加。煮到用筷子插肉时能轻松穿过，汤底就完成了。"伤疤男说着吐了口烟，"在汤底里加入萝卜、魔芋一起煮，再加入酱油、白砂糖以及甜料酒进行调味，就是一道炖牛腱了。"

明明才刚吃饱，听着听着却又饿了。

伤疤男继续说道："如果要做家常咖喱的话，就把洋葱也加进去一起煮，然后放进现成的咖喱块就行了。根据水量多少，既可以做成汤咖喱，也可以做成普通咖喱。"

"刚才吃的咖喱里加了些什么？"

"在牛腱煮成的汤底里加了姜黄、孜然、丁香、香菜、黑胡椒等香料。另外还加了炒至糖色的洋葱和文达卢咖喱酱。"

"文达卢咖喱酱？"

"印度南部的一种调味料，是把辣椒、大蒜以及一些香料碾碎后加入醋制成的，可以说是印度版的豆瓣酱吧。"

"那独特的酸味就是来自文达卢咖喱酱吗？"顺平问道。

"嗯，你们刚才吃的腌洋葱里也放了。"

"是这样啊，那个洋葱也很好吃。"

"感觉不管是放福神渍[1]或者腌藠头里都会很好吃啊，要是在家里也能吃到那样的酱菜就好了。"鱼住说道。

伤疤男在立式户外烟灰缸中把烟头摁灭。

"就算没有文达卢咖喱酱，腌洋葱也不难做。洋葱切丝，撒上盐，加入少许咖喱粉和柠檬汁，搅拌均匀就行了。"

"这么简单吗？感觉我都能做啊。"

"文达卢咖喱酱是怎么制作的呀？"果苗询问道。

伤疤男微微一笑："今天用的是现成的，为了五百块一份的盒饭下那么大的功夫不现实。米饭也是藏红花饭的香味更好，口感更高级。但考虑到预算，只能退而求其次做成姜黄饭了。不过米用的是印度香米，香味应该还是不错的吧？"

"嗯，跟汤咖喱非常搭。"

果苗今天一反常态，十分健谈。顺平无意间看了一眼手表，发现时间已经过了一点。他从长椅上站起身："糟了，午休都结束了。"

三人付完账后，慌忙赶向公司。

"谢谢光临！"三人身后传来了胡须男的声音。

---

1 福神渍：使用萝卜、茄子、刀豆、莲藕、黄瓜、紫苏籽以及白芝麻七种原料制成的一种腌菜。

第二章

| 夏天就该吃火辣的泰国菜 |

那天晚上顺平从公司出来时已经是八点半了。

他从新宿站搭上电车，踏上了回家之路。

公司的下班时间是五点半，也就是说，他加了三小时的班。Global Eggs采取的是定额加班费的制度，加班费本身就包含在了工资里，所以不管再怎么加班，收入也不会增加。

整天干着无意义的杂活儿让顺平的内心疲惫不堪。据麦岛说，公司会检查员工的打卡记录，以此为据进行人事考核。

"我之前的下属现在在人事部工作，这是他偷偷告诉我的，肯定没错。"

顺平想起钵元说过人才支援部部员们的人事考核等级都是最低的E级，觉得评价应该不可能再往下降了。对此麦岛却说："那是公司下的套。如果心里想着加不加班工资都不会变，准时下班的话，就会被提早调走。"

之后顺平就变得不敢准时下班，完成一件工作后就立刻着手下一件。今天也是，在贴完办公用品的标签后，他还进行了数据输入的工作。最近开始，就算部员们不到处去找活儿干，其他部门也会主动把杂活儿抛给部员们干了。

虽然不用整天在公司里四处游荡是件好事，但这么一来，不仅向各部门展示自己的机会变少，而且就算增加工作量也无法提高其他部门对自己的评价。单纯只是为了维持现状而加班，这点让顺平感到十分空虚。

从新宿坐电车到吉祥寺需要十七分钟，从吉祥寺站走到公寓需要十五分钟左右。顺平在吉祥寺站下了电车，走向公寓。

顺平自午饭后就什么都没吃，现在快饿坏了。

他走在车站前，不知道晚餐该吃什么好。平时他一般都是在站前的快餐店或餐馆吃完回家，要不就是去公寓附近的便利店里随便买点吃的凑合。

顺平就这样犹豫不决地走到便利店附近，突然看见了蔬菜区的洋葱。他马上想起了 Spicy Gang 的伤疤男教给自己的腌洋葱的做法。

虽然他平时不怎么做饭，但如果是腌洋葱的话，做起来应该并不难吧。

他把洋葱、罐装咖喱粉和柠檬放进购物篮里。不过配菜光有腌洋葱还不够，于是他另外买了炸鸡、土豆沙拉还有罐装碳酸烧酒，出了便利店。

穿过站前的繁华区，面朝西荻洼方向的这栋公寓楼就是顺平现在住的地方。这是一栋筑龄十年、名叫"芝麻小院"的出租公寓。

房租为每个月七万五千元，房间由大小分别为七叠[1]和五叠的两间西式房间，以及一间二叠的厨房组成。公寓一共有两层楼，顺平的房间虽然在一楼，不过却是坐北朝南的转角处的房间，因此采光很好。

吉祥寺很受年轻人欢迎，也有很多热门的约会地点，所以刚搬到这里时，顺平很是高兴。然而跟女友分手后，顺平光是在路上看到年轻情侣都会觉得低人一等。现在还被调到了人才支援部，他觉得整个吉祥寺就自己一个人显得格格不入，愈发感到不自在。

回到位于芝麻小院的房间后，顺平立刻尝试制作了腌洋葱。制作过程比想象中还要轻松，而且味道也非常棒。

盐分使洋葱的口感变软，衬托出了洋葱本身的甜味；香喷喷的咖喱味让人食欲大增。柠檬汁中和了洋葱的刺激感，余味十分清爽。都怪这腌洋葱太过下酒，顺平一不小心又喝多了。

虽然喝醉能让心情暂时变得雀跃，但到了深夜，顺平又开始看起那个标题叫"我在黑心度排名第一的公司上班，各位有什么想问的吗？"的帖子，变得十分消沉。

---

1 叠：日本人在计算房间面积时的惯用单位，一叠指的是一张榻榻米的大小，约为1.8平方米。

发帖人的处境比在人才支援部的自己还要悲惨,所以顺平多少得到了些安慰,但顺平的问题并不会因为他人处境比自己更悲惨而得到解决。

很多人回帖建议发帖人向劳动局和工会反映情况,但因为公司并没有露骨地逼迫员工辞职,因此发帖人也没有把握能说服他们倾听自己对公司的控诉。

就算真的说服了他们,要是被人知道自己把公司的事外传到那种地方,上班时肯定会更加遭人白眼儿,而且听说转职也会因此受到影响。

说到底,顺平要是真把工作辞了,都不知道会被父母说成什么样子。大哥也一定会看不起自己。顺平还是尽可能地想要留在公司,所以对这些不合理的要求也只能忍气吞声。

由于昨晚喝到了半夜,今天早上顺平有些轻微的宿醉。

虽然紧赶慢赶地在上班时间前抵达了公司,但倒霉的是钵元今天比他先到,他被钵元恶狠狠地瞪了一眼。钵元让八名部员集合。

"临时通知,明天下午将进行个人面谈。届时各位董事也会莅临,请务必不要迟到或缺席。"

钵元离开后,小组成员们慢吞吞地坐回到电脑前。

今天的工作是处理昨天没完成的会议摘要、会议记录的数据输入。工作本身虽然轻松,却单调乏味,让人不禁犯困。

顺平强忍着呵欠,敲打着键盘。

"总感觉有股洋葱味啊。"旁边的鱼住低声说道。

鱼住对面的麦岛吸了吸鼻子:"我也闻到了,到底是什么的味道啊?"

"对不起。"顺平挠了挠脑袋,"昨天腌洋葱吃多了。"

"你昨天回去就试做了呀?"果苗说道。

"嗯,味道非常好。"

"真好啊,早知道我也做做看了。"

"说起来,饼田你之前说喜欢做饭,对吧?"

"嗯,虽然水平很差,但我想多学几个菜。"

"是想提高厨艺,为婚后生活做准备吗?"鱼住问道。

果苗用手指推了推黑框眼镜。

"并不是这样,我的男人缘不好。"

"嗯?自我评价这么低啊。"

"调到这个部门后,就更是如此了。"

"也是啊。"鱼住叹气道,"来这里之后一点好事都没有。"

"好事不是有吗?"果苗说道。

"有吗?"

"昨天中午不是发现了一家挺好的饭馆吗?"

"你指的是那个啊，确实挺好吃的，但那两人总让人觉得有点可怕啊。两个人都长得一脸凶相，还有那个店长，明明是做服务业的，说话时却一点都不客气。"

"就是就是，跟客人说话时太失礼了，说什么上班族要是被公司抛弃了，就再也找不到工作了。"

"不过，还真被他说中了。"

"那种路边摊，该不会是黑社会开的吧？"

"那家店两边的大楼也都很古怪。左边看起来像是贸易公司，却经常有长得凶神恶煞的人进进出出。右边那间屠夫娱乐事务所，光看名字就很可疑。"

"难不成那辆餐车跟其中某一边有所瓜葛？"

"是吗？"果苗说道，"我觉得他们俩看上去不像坏人。"

"光是餐车的名字就够奇怪了，叫什么 Spicy Gang。"

"又是黑社会又是 Gang（帮派）的，你们到底在聊什么啊？"麦岛问道。

三人把 Spicy Gang 的事告诉他后，他脸色一沉，告诫他们不要跟不明身份的人扯上关系。

"在这个部门里，任何原因都可能导致我们被公司扣分，还是老老实实地吃'低卡路亭'的便当最稳妥。"

"可麦岛叔，您不是总是去吃立餐荞麦面吗？"

听顺平这么问道，麦岛眨了眨眼睛。

"我昨天不也说了吗？我那是节俭。"

到了午休时间，麦岛果然还是去了立餐荞麦面店。

果苗和鱼住说今天也准备去 Spicy Gang。

虽然鱼住觉得那两人给人一种可怕的感觉，却还是说："没办法啊，五百块就能吃饱的店，其他地方可找不到。"

顺平虽然也很在意两人的底细，但他既不想吃"低卡路亭"的便当，也不想成为午餐难民。

今天外头也是艳阳高照，刚出大楼顺平就浑身冒汗。

Spicy Gang 前排挤满了上班族跟白领。明明昨天才刚开业，今天客人就这么多了。鱼住"啧"了一声。

"不妙啊，这边也得排队了，这下又不知道去哪里好了。"

"没事。天气这么热，那边肯定不会有人的。"

果苗指了指 Spicy Gang 前的长椅。

三人刚站到露营车前，胡须男就带着恭维的笑容迎了上来。

"你们好呀！居然接连两天光顾本店，真是让人开心啊。今天是泰式辣酱炒鸡肉腰果和虾仁海南鸡饭喔！"

虽然搞不明白到底是什么菜，但也没有其他选择了。三人坐上长椅后没多久，盒饭就被端了上来。饭盒跟昨天一样，内部被一分为三,勺子则是末端呈齿状的叉勺。

饭盒的第一个区域是炸鸡炒腰果,配料有红辣椒和葱花。第二个区域放着看上去像虾仁手抓饭一样的东西,佐以香菜。最小的区域里则放着腌芥菜一样的东西。

顺平先尝了尝炒菜。

食材被用辣油一样的黑色酱汁翻炒过。鸡肉的表皮炸得酥脆,每咬一口都能感觉到肉汁在口腔中迸发。酱汁没有看上去那么辣,恰到好处的辣味中带有浓郁的鲜味和甘甜。

不仅仅是炸鸡,酱汁还均匀地将香气四溢的腰果、略带甜味的红辣椒及清脆爽口的葱花包裹起来,味道绝妙无比。

这道看似是虾仁手抓饭的饭尝起来果不其然是手抓饭的做法,出汁[1]的味道充分渗进米饭里,其中还带有淡淡的柠檬香气。

粒粒分明的米饭香气扑鼻,顺平将嚼劲十足的米粒连虾仁一同送进嘴里,表情不由得舒缓了开来。腌菜酸味清爽,作为小菜再合适不过了。

果苗和鱼住专心致志、旁若无人地吃着饭,顺平找不到机会与他们搭话。

---

1 出汁:日本菜中最常使用的高汤,由木鱼花和海带熬煮而成。

胡须男娴熟地接待着客人，伤疤男则在露营车里干净利落地盛着盒饭。顾客的队伍眼看着越来越短，在三人吃完盒饭时已经一个人都不剩了。

"卖光啦。"胡须男这么说着，把立在画架上的黑板翻了个面。黑板正面写着"盒饭五百元，每日不同菜色"，背面则写着"准备中"。

伤疤男从露营车中走了出来，开始抽烟。他完全不朝三人看，而是用锐利的目光巡视着四周。

胡须男前来收取饭盒。

"三位是这附近公司的员工吗？"

"嗯，就是附近的那家 Global Eggs。"果苗说道。

"喔……"胡须男说道，"刚才也有你们公司的员工来这里买盒饭了。"

"你怎么知道那是我们公司的员工呢？"

"因为他们胸前挂着 ID 卡呀，三位不需要挂 ID 卡吗？"

"我们的 ID 卡被收走了，我们现在在一个叫人才支援部的部门……"

顺平急忙打断了果苗说到一半的话。

"今天的盒饭也很好吃，炒菜里放的是什么酱啊？"

"店长——"胡须男转过头喊道。

伤疤男转向三人说道:"那叫泰式辣酱[1],是把辣椒、大蒜、洋葱、干虾仁用大豆油炸过后碾成糊状制成的一种泰式调味料。"

"味道非常鲜啊。"

"用来炒猪肉或者墨鱼也很好吃,只需要一瓶泰式辣酱就行,做起来非常简单。"

伤疤男说泰式辣酱可以在超市或者网上买到。

当被问及那道虾仁手抓饭一样的饭是什么时,伤疤男回答说那是海南鸡饭。

"正宗的海南鸡饭是用鸡高汤焖煮的,里面放的也应该是鸡腿肉。此外还得加入大蒜、葱花、青尖椒、南姜、泰国酱油、泰国鱼露等调味料,很费功夫。今天的这道只是简单把香米跟虾仁用鸡骨高汤焖煮而成的。"

"用的是香米啊,怪不得香味那么浓郁,不过其中好像还有些柠檬的香味。"

"我稍微放了点柠檬汁。调味料用了泰国鱼露。同样的材料,只要再加入切碎的洋葱和大蒜翻炒,就是一道泰式炒饭了。正宗的泰式炒饭还会在上面加个荷包蛋。"

"哇,听起来也很好吃,找个时间自己做做看好了。"果苗说道。

---

1 泰式辣酱:泰式辣酱有很多种不同的配方和做法,此处原文为ナムプリックパオ,特指 Nam Phrik Phao 这种做法的泰式辣酱。

"那个腌菜也是泰国菜吗？"鱼住小声嘀咕道。

伤疤男回答他："泰国也有一种用菜叶做的腌菜，不过今天做的是日本的腌芥菜。因为主菜味道较重，所以配菜我选了清淡一点的。"

"真是讲究啊。店长是在哪里学的做菜？"鱼住问道。

伤疤男慵懒地吐着烟，说道："我没学过做菜。"

"啊？"

"我们卖的全都是在家里就能做的东西，只是些家常菜罢了。"

"那您在卖盒饭之前，做的是什么工作……"

伤疤男的眉毛微微一颤。这时，胡须男插话："是……是当了几年上班族辞职后开始创业的。"

"创业？"

三人歪着脖子。胡须男眨巴着眼睛："事出有因，说来话长了……"

伤疤男装作没听见似的把烟头摁灭在烟灰缸中，走回了露营车里。

三人离开了 Spicy Gang。

顺平回头看着黄色的露营车说道："那两人果然很古怪，怎么看都不像是创业者。"

"怪就怪吧,反正他们做的饭菜好吃。"果苗说道。

顺平接着说:"最好别跟他们聊我们公司的事。就算他们真的是创业者,但从他们没办法告诉我们辞职理由这一点来看,一定是做过什么见不得人的事。"

"哪有你这样的?"果苗说道,"想打探别人的过去,又想隐瞒自己的情况。"

"不能随便泄露个人隐私啊,现在的世道这么不太平。"

"我想要信任他们。"

"虽说如此,你还不是被自己信任的公司背叛了吗?"

"真锅,你不也一样吗?"

"也是啦。"

"想得到他人的信任,就得先信任他人。"

"我说饼田啊,"鱼住说道,"你到 Spicy Gang 去是为了什么?"

"为了吃到好吃的东西,仅此而已。"

"既然如此,那信不信任不都一样吗?"

"但是如果把他们当一般的快餐店,吃完就走,总觉得有些无聊啊。难得认识了他们,就会想跟他们搞好关系呀……"

"你这么渴望着跟人社交啊?"

"说不定真的是这样呢。我当总务的时候,总被当成怪人,被大家排挤。"

气氛不知不觉间尴尬了起来，对话也戛然而止。

三人回到公司，电梯前一如既往地大排长龙。

走在通往地下的楼梯上，鱼住叹了口气："我之前是业务员，早就疲于跟人交往了。在公司要向客户点头哈腰，回家了还得被老婆唠叨个没完。"

"我之前是坐办公室的，有时候甚至工作一整天都不见得会跟同事说上一句话。虽说如此，我却不觉得寂寞，反而觉得这样的人际关系比较单纯……"

"又在耍帅。"顺平说到一半时，鱼住打断了他，"说白了，只不过选择不跟讨厌的人交际而已，不是吗？"

"嗯，倒也有这方面的原因……"

"跟女朋友处得还顺吗？"

"啊？"

"真锅，你也二十八岁了啊，差不多该考虑考虑结婚的事了吧？"

"现在工作这个样子，哪有工夫去考虑啊？"

"说得也是，你女朋友应该也很担心你吧？"

"……不，我现在没有女朋友。"

"'现在没有'，听起来像是前不久刚分手的啊。唉，不过结婚也急不得，我现在可怀念单身生活了。"

顺平生硬地附和着鱼住，闭口不提自己曾考虑过婚活的事。

第二天，钵元一大早就待在了人才支援部。

个人面谈明明是下午的事，钵元却已经像个老师一样开始环视办公室，监视着大家的工作。

正因为如此，顺平午休也没办法到外面去，只好点了一次"低卡路亭"的外卖。今天的常规套餐是鸡胸肉炒豆芽菜、凉拌西兰花佐芝麻、生菜春卷和凉拌羊栖菜。

"低卡路亭"很多菜色都是以女性为目标群体推出的，分量少，调味淡。这菜色原本就够清淡的了，顺平更是因为接连两天吃了 Spicy Gang 的盒饭，对比之下，今天的盒饭愈发让人难以满足。

钵元坐在自己的位置上，果不其然，吃的也是"低卡路亭"的盒饭。与此同时，他也时不时窥视着部员们的情况。托他的福，同事们都一言不发，一个劲儿地把饭菜往嘴里送，了无生趣的午餐时间就这么匆匆结束了。

钵元将写着个人面谈顺序的纸张分发给大家，说道："等下请大家一个个到人事部来。面谈的内容因人而异，请不要泄露给其他同事。"

组员间的相互合作、同事间过度亲密的人际交往在之前就被禁止了。但连面谈的内容都不能告诉其他人，看样子上头是下定决心要切断部员间的沟通了。

在另一组四个人完成面谈后，顺平是本组第一个进行面谈的。

进入人事部，顺平依照指示前往大会议室。大会议室跟之前去过的小会议室不同，房间十分宽敞，装修风格颇具厚重感。

巨大的椭圆形桌子的对面坐着三个人，他们应该就是这次面谈的负责人。

留着莫西干头、蓄着胡须、肤色黝黑的男人坐在中间，他的左边坐着个发型跟海藻似的、略微发福的男人，右边坐着的则是钵元。

钵元用郑重的声音介绍了两人："这位是专务董事、专务执行官、管理总部长兼人事统括部长兼CFO，江组博之先生。这位是常务董事、常务执行官、综合企划负责人兼人事福利部部长兼CIO，酢崎启介先生。"

职称太长让人搞不懂到底是干什么的，不过顺平至少明白了莫西干头的人叫江组，海藻头的人叫酢崎。从样貌看来，江组跟自己一样年近三十，酢崎则是三十出头的样子。两人都穿着看上去十分高级的西装，没有打领带。

顺平朝三人敬了一礼，坐在他们对面。

"这位是真锅顺平。"钵元严肃地说道，另外两人将视线移到手边的资料上。

过了一会儿，酢崎抬起了头。

"哎呀，真是太棒了。"

他的声音开朗得令人出乎意料。

"到了人才支援部后，你的工作态度认真得让人吃惊啊，之前在市场营销部时似乎也是一样。真的是太棒了。"

"谢谢夸奖。"

顺平疑惑不解地低下了头。

酢崎笑了笑："真锅先生，你找到愿意接纳你的部门了吗？"

"不，还没有。"

"像真锅先生这样优秀的员工，没办法充分发挥自己的技能，实在是太遗憾了，都怪我们做得不到位。"

"说得太对了。"江组说道，"像真锅这样的人才，不管到什么行业，都不愁找不到工作吧。待在我们公司实在是太屈才了，对吧，钵元科长？"

钵元表示赞同。

"根据适应性测试和公司内部求职活动的分析结果，你最适合担任的职位是业务员。"

"业务员？为什么我会适合当业务员……"顺平歪着头低声说道，但由于三人位置较远，没有听到。

"真是太遗憾了。"酢崎装模作样地说道，"公司原本是打算将你调到业务部的，但不巧的是业务部现在没有空闲的职位。真锅先生，你怎么看？如果您有那个意愿的话，要不要在新的环境中测试看看自己的实力呢？"

"新的环境，指的不是公司内的部门吧？"

"对。"

"那就等于是要让我辞职的意思吧？"

"不是这样的。"江组说道，"我们是根据甘糟CEO的指示，以公司的抗老化为目标而齐心协力地奋斗着。新成立的分公司是营养品，而员工是细胞，我们一直以来都通过服用各种营养品的方式来活化细胞。然而光是这样，只能勉强停止老化的脚步。为了让公司重现青春活力，必须削除不必要的赘肉。换句话说，就算过程痛苦，我们也有必要进行节食。"

"你的意思是，我是赘肉吗？"

"为什么你非要通过这么负面的视角来看问题呢？我们只会对实力出众、在其他公司也能大显身手的员工说这番话。也就是说，你是被选拔出来的人才啊。"

"被选拔出来的人才？"

"没错。"酢崎说道，"真锅先生，您拥有无与伦比的积极性，您就是正面思考的典范啊。"

顺平清楚地知道自己并不是什么非常积极的人，想必他们是把这些花言巧语套在了所有人身上吧。

先是把员工调到人才支援部，用侮辱性的工作向其施加压力；现在则是打算捧杀员工，逼其辞职。

顺平露出不愉快的表情，一言不发。桌子对面的三人凑近了脸，开始低声交谈。三人的对话结束时，钵元看向顺平说道："如果你肯配合，公司可以把你调到跟我们有合作关系的Cook Job去，让你常驻在那里。"

"Cook Job是一家转职介绍所吧？"

"同时也是一家再就业介绍所，能成为你更强有力的后盾。如果现在立刻申请常驻，还可以获得全额的夏季补贴。"

"夏季补贴？那不是本来就会在下个月发放的吗……"

"人才支援部是收支亏损的部门，因此本年度的补贴全额免除。"

"啊？"顺平不由自主地叫出声，"我可没听说过这种事。"

"这话真不像是从真锅先生您这么优秀的员工的嘴里说出来的。在补贴奖励问题上本来就不应该一视同仁，亏损部门跟盈利部门之间有所差别不是理所当然的吗？"酢崎说道。

"没错。"江组也赞同道，"不管是哪个企业，少了盈利部门和保留盈余[1]都没办法生存下去。公司不可能有闲工夫去收留造成赤字、无法产生利益的员工。真锅，你是被选拔出来的人才，所以公司才特别给了你一个可以获得夏季补贴的机会。"

---

[1] 保留盈余：指公司从历年的利润中积累下来的留存于内部的资金。

"那……那冬季补贴呢……"

"没有冬季补贴。"钵元毫不犹豫地说道。

顺平哑口无言。

钵元继续说道："再给你一些时间吧。下周还会进行一次个人面谈，请在这段时间里好好考虑一下。"

顺平垂头丧气地离开了房间。

所有人的个人面谈结束后，人才支援部中叹息声和抱怨声此起彼伏。

尽管钵元让大家不要讨论面谈的内容，但听说下个月拿不到补贴，部员们怎么可能憋住不谈？也不知道是谁先开的口，大家开始就个人面谈讨论了起来。

果不其然，所有人都被安上了毫不恰当的奉承之词。

果苗是"具有社交性、充满野心"，鱼住是"工作认真、责任感强"，麦岛是"忍耐力强、有领导才能"。公司居然真的以为大家会把这样的说辞信以为真，实在让人火冒三丈。

"他们就是想让大家辞职，所以才说些跟本人情况完全相反的话吧？"麦岛说道。

顺平一脸苦笑地说道："说到适应性时也是一派胡言，他们说我适合跑业务。"

"我也是。"鱼住说道,"他们说我适合当财务。要是真让我管钱,我肯定会挪用公款的。"

"我被说成适合创业,我怎么可能管得了公司啊?"果苗嘟起嘴。

"你们那都不算什么。"麦岛说道,"他们居然让我好好安享晚年,我今年才五十啊。再说了,我家里房贷还没还完,女儿的学费也不是一笔小数目。这么多钱都要我出,让我怎么安享晚年?"

"他们没有说您适合什么职位吗?"顺平问道。

"硬要说的话就是门卫吧,开什么玩笑?"

"不管他们做什么,感觉都是要把大家往辞职这条路上逼啊。"

听果苗这么说道,鱼住叹了口气。

"最糟的还是补贴泡汤这件事,我老婆会杀了我的。"

"你要怎么办?"

"只能瞒着老婆到 Cook Job 常驻了吧,那样至少能领到补贴,还能瞒一段时间。"

"之前也有人申请要常驻,但是公司都没有批准,说什么协商未果。"果苗说道。

正如她所说,之前那些希望到转职介绍所常驻的人,人事对他们的要求不闻不问,最后导致他们愤而离职。

"公司说白了也是不希望我们去转职介绍所啊。"麦岛说道。

"因为要是在那里找到了新的公司,那开始的半年时间就会算作在籍派遣。那期间工资的差额得由公司填上，他们就得额外花钱。这次他们给出了 Cook Job 这个具体的公司名字，应该是真的打算让我们过去了。"

"我看网上说，转职介绍所也被叫作裁员承包所，企业经常把想裁掉的员工调到那边去。"顺平说道。

果苗敲打着笔记本电脑的键盘说道："我刚查了一下，Cook Job 的评价很差，很多人说他们总是把人介绍到黑心企业去。"

"不过看来也没办法一直在现在的公司待下去了。我听之前的下属说，我们几个很快就会被强制外派了。"

"被派到哪里？"

"你们可别告诉别人啊，听说是'低卡路亭'。"

"啊？"

"这怎么可能……"果苗和鱼住异口同声地说道。

顺平瞠目结舌："那是什么意思啊？为什么我们要外派去卖盒饭？"

"我怎么知道？我听了也大吃一惊。虽然他说如果努力一点，将来也许会被提拔成干部。"

"别开玩笑了。"顺平说道，"一旦被外派到'低卡路亭'，我们的前途就彻底毁了啊。"

隔壁小组的男人们好像是听到了四人的对话，也开始躁动不安起来。

"我受不了了。"

"这样下去,日子没法过了。"

"干脆直接向社长越级投诉吧。"

一脸沮丧的男人们的谈话像极了要起义的农民,但在钵元进入办公室的瞬间,所有人都闭上了嘴,开始工作。

第三章

夏季极品下酒菜

那天晚上，钵元在办公室里进进出出，待到了很晚。

托他的福，顺平也被迫比平常加了更久的班。

今天是星期五，而且还是发工资的日子。

发薪日本应是明天，但因刚好遇上周六，所以改为提前一天发放。又是周末，又是发薪日，原本是很值得高兴的事情，但被调到人才支援部后，即便是周末跟假期时，顺平心中也充满了不安，一点都高兴不起来。

公司在大家自发辞职之前是不会罢休的。

如果不在 Cook Job 常驻，就拿不到补贴，还会被派遣到"低卡路亨"去，真是糟透了。虽然顺平早就听说人才支援部今后会成为分公司，但也一直以为只要有部门肯接收，就还能留在现在的公司。

反正最后都会被赶走，那每天做这些杂活儿也毫无意义啊。

不，公司正是借由这些毫无意义的杂活儿来打击大家的自尊心，起到逼迫辞职的效果。

那好像是希腊神话故事吧？顺平想起了某个神话人物因为反抗神明而受到惩罚，必须日复一日地把从山上滚落下来的岩石搬回山顶、永世不得安宁的故事。

钵元终于离开公司时，时间已经过了九点。

隔壁小组的四人归心似箭地打了卡，离开了办公室。

过了一会儿，顺平一行人也离开了人才支援部，坐电梯到了一楼。正门过了九点就关上了，所以四人只能从后门离开。刚走出大楼，顺平忽然眼前一亮。

一排无罩的灯泡在"九龙爆肉贸易公司"和"屠夫娱乐事务所"的大楼中间闪烁着光芒。不知为何，Spicy Gang 还在营业中。

四人靠近露营车，发现车子周围被洒过了水，胡须男正在收拾餐桌。因为洒了水，餐车周围比附近都要凉爽。

"就是那里吗，大家最近吃午餐的地方？"麦岛问道。

果苗回了声"对"，向胡须男搭话道："这么晚了还在营业吗？"

"嗯，这里晚上是酒吧哟。"

"有什么菜可以点？"

"晚上的菜色看店长的心情，没有菜单。不过每道菜都只要四百元，酒也一律三百元呢。"

据他说，店长会随意上几盘小菜，如果喜欢再加单就行。

"价格很良心呢。反正明天不上班,要不去喝几杯好了。"果苗这么说着,转头看向大家。

"今天是发薪日,喝个几杯也没问题。真锅,要一起吗?"鱼住问道。

顺平原本觉得他们两人来路不明,不想答应,但因为中午吃的是"低卡路亭"的盒饭,现在肚子饿得很。

"那就稍微坐一会儿吧,麦岛叔也一起喝吧。"

麦岛虽然一脸的不情愿,但他大概也是个嗜酒之人,还是接受了顺平的邀请。

四人在长椅上坐定,点了啤酒。端上来的是罐装的惠比寿啤酒,此外还配了冰镇过的玻璃杯。胡须男说这是因为啤酒倒在玻璃杯里会更好喝。

四人干杯过后,小菜就陆续被端上了桌。

第一盘菜是将鲸鱼培根、萝卜苗和海蜇拌在一起的凉菜。顺平将菜夹到小碟子中尝了一口。

"好吃!"他不由自主地叫出了声。

这种边缘泛红的鲸鱼培根,顺平吃过好几次,但每次都不觉得有多好吃,然而今天吃到的却完全不一样。

肥而不腻的鲸鱼脂肪、爽脆的萝卜苗和海蜇、清爽的醋和醇厚的酱油,完美地调和在了一道菜中,不知道里面还放了些什么,整道菜还带有芝麻的香气和一股辣味,让人一口接一口停不下来。

"这味道真让人怀念啊!"麦岛说道,"在我还小的时候,一提到培根,大家最先想到的都是鲸鱼培根。不知道什么时候开始价格就水涨船高,已经好久没吃了,味道真是好啊。"

"但在我印象中,鲸鱼培根并没有这么好吃啊!"鱼住说道。

"是因为调味啦。"果苗回答道,"这个非常下酒啊。"

接下来被端上桌的是芥末鳕鱼子炒魔芋丝以及烤圣女果。两样菜都样貌平平,但只要尝了一口,筷子就停不下来。

前者中的鳕鱼子粒粒饱满,咸度适中,跟口感富有弹性的魔芋丝非常搭,看似简单却回味无穷。

后者的圣女果上则涂满了浓郁的奶酪和蛋黄酱,还撒上了一层罗勒碎。咬开热腾腾的圣女果,甘甜的果汁便在口中溢开,融化的拉丝奶酪和被烤得焦香的蛋黄酱的味道在口中混合,让人不禁想要配上一口啤酒。

四人一眨眼就喝光了啤酒,再次下了单。

"糟了,喝得停不下来了。"

听鱼住这么说,胡须男微微一笑,说道:"更厉害的还在后头哟。"

又一道菜被端了上来。盘中摆着的是脂肪还在吱吱冒油的肉片,边上放着四块柠檬。

"吃的时候记得挤点柠檬汁哦,肉本身已经调过味了。"

顺平按胡须男所说,把肉夹到小盘中,浇上柠檬汁。

"好吃!"他再次不由自主地发出了赞美。

肉是用洋葱和蒜片一起炒过的猪肉,调味好像只用了粗磨黑胡椒和盐两种。猪肉被烤得香气扑鼻,脂肪口感清爽,还带着一种难以形容的甘甜。

在此基础上更有黑胡椒的刺激和柠檬汁的酸味,令人食欲大增。充分吸收了猪肉脂肪的洋葱和蒜片美味到即使单独拿出来也足够成为一盘下酒菜。

四人擦着额头上的汗,吃着小菜,举杯畅饮。

每一道菜的分量都大到让人难以想象单价只需四百元,因此啤酒总是刚端上桌没多久就被大家喝光。顺平跟果苗喝到后面换喝起了碳酸烧酒,鱼住换喝烧酒加冰,麦岛则开始喝起了冷酒。

啤酒喝多了就想上厕所。顺平原本还担心这附近没有厕所,但听胡须男说,可以到隔壁"屠夫娱乐事务所"的大楼里方便。

大楼内部也跟外观一样诡异可疑。昏暗走廊的墙壁上贴着好几张成人电影的海报,厕所里则贴有写着"请勿将橡胶制品及注射器扔进马桶"字样的贴纸。

居然跟这种诡异的大楼有所瓜葛,想来那两个人果然不是从公司辞职后出来创业的。顺平急忙上完厕所,匆匆返回 Spicy

Gang,坐回长椅上。

伤疤男的工作似乎告一段落,从露营车中走了出来。

"醒酒餐[1]等一会儿再上,没问题吧?"

看到大家点头,伤疤男便走到立式烟灰缸前点上了烟。

"每道菜都非常好吃。"果苗说道,"一开始那道培根是用了什么调味料呀?"

"酱油和芝麻油,还有辣椒粉。"

"只需要加这么点东西,就能变得那么好吃啊。那个……能方便问问其他菜的做法吗?"

"这怎么能行啊?"鱼住说道,"那些都是商业机密。对吧,店长?"

"我们店没有什么商业机密。"伤疤男吐了一口烟,"芥末鳕鱼子和魔芋丝,是先把魔芋丝用油炒熟后再加入芥末鳕鱼子拌匀,仅此而已。如果想要味道更香,可以用芝麻油来炒。接下来那道是在圣女果上放上埃曼塔奶酪和蛋黄酱,在烤箱里烤过之后,再撒上磨成粉的干罗勒就行了。"

"埃曼塔奶酪?"

"是用来做奶酪火锅的一种瑞士奶酪,你们应该在国外的漫画

---

[1] 醒酒餐:日本人在喝完酒之后食用的菜肴,多数情况下是拉面等碳水化合物丰富的主食。

夏季极品下酒菜　　073

里看过那种上面很多洞的奶酪吧？"

"啊，就是那种吗？"

"埃曼塔奶酪口感温和，带有一种坚果的香味，加热之后味道会更好。如果没有的话，用帕马森干酪或者一般的那种会融化的奶酪做也都很好吃。"

"那之后端上来的炒猪肉……"

"先把切成厚片的伊比利亚猪肉下锅翻炒。因为这个过程中猪肉会出油，所以炒的时候只需要加一点点油就行了。我不推荐不加油直接炒，因为就算只加少量的油，也可以让猪肉上的脂肪更加容易融化。"

"那原来是伊比利亚猪肉啊，怪不得肉香那么浓郁。"

"等猪肉炒出油后，再加入洋葱和蒜片，整体炒熟之后再用粗磨黑胡椒和盐进行调味。我用的是一种叫 Alpen Salz 的德国岩盐。"

"啊，我在超市看见过那种盐，下次买一瓶试试好了。"

"你还真是兴致勃勃啊，一直跟人家问做法是想干什么啊？"鱼住问道。

"因为你想啊，"果苗说道，"我们之后说不定会被外派到'低卡路亭'去，所以我就想着要趁现在多学学做菜。"

"了不起啊。你还真的是跟人事部分析的结果一样，充满野心啊。"鱼住笑了起来。

麦岛摇了摇头，说道："就算去了'低卡路亭'，他们也不会让我们负责做菜的。大家都是送餐员。"

"怎么能这样？这待遇跟打零工的有什么区别啊？"果苗说着，叹了口气。

那之后，大家对工作的抱怨持续了一段时间。摆在面前的路只有两条：到常驻 Cook Job 再次走上求职之路，或者是继续待在人才支援部，等着被外派到"低卡路亭"。

两条都不是什么好路，四个人讨论了半天也得不出个结论。

"而且啊，"鱼住说道，"社长的法拉利都买两辆了。他过着那么奢侈的生活，我们却这个样子，太不公平了。"

"再说，他也不必故意把自己平时的奢侈生活用视频寄语跟我们分享啊。谁会对富二代社长的私生活感兴趣啊？"顺平说道。

他越说越大声，似乎连胡须男都听见了，他凑过来问道："公司总是让你们看视频寄语吗？"

"不，一周只有一次。但是看完还要写感想，麻烦死了……"

"我们几个被分配到了无聊办公室[1]。"

果苗多嘴地把四人的情况告诉了胡须男，胡须男听后皱了皱眉头。

---

1 无聊办公室：日本企业为了逼迫员工主动辞职，规避以公司解雇形式开除员工而设置的部门。

"太可恶了。那种工作,一不做二不休,直接辞掉不就好了?"

"要是真的这么简单就好了。我们还得靠工资过日子啊。"鱼住说道。

"再这么赖下去也没用啊。"麦岛说道,"公司要我们在下次个人面谈前做好决定。还是去 Cook Job 比较好吧,至少还能保住补贴。"

"店长,你怎么看?"果苗问道。

顺平心想,这种事情问餐车老板又有什么用?然而伤疤男却开了口。

"公司明明希望你们辞职,那还有什么必要勉强自己在那里工作?"他把烟在烟灰缸里摁灭,"其实像这样,有转职介绍所和外派两条路让你们选,已经算很好了。中小企业都是直接裁员的。"

"但是我们每天都被逼着干杂活儿啊。"

"即便如此,你们周末还是能休息的吧?跟其他工作比起来,已经算轻松了。"

"那你的意思是公司没有错……"

"公司当然有错了。让员工做机械劳动,限制工作类型,刻意降低人事考核分数,削减工资,这些都是逼迫员工辞职的不正当手段。如果想跟公司对抗的话,就在下次的个人面谈中拿下言证。"

"言证?"

"把人事部那群家伙说的话当作证据保存下来。在个人面谈的时候把手机或者录音机带进去,把你们之间的对话录下来就行。"

"真要让我们做到那份儿上,总觉得有点害怕啊。"果苗缩了缩肩膀。

然而鱼住却说道:"但是你既不想去 Cook Job,也不想被派到'低卡路亭',对吧?我们要是一直这么下去,最后只有辞职一条路。"

四人被分配进无聊办公室的事被伤疤男得知,顺平觉得有些难为情。但转念一想,他也不过只是个陌生人罢了。顺平叹了口气,说道:"明明是同样的工种,在有些公司就算员工玩电脑玩到半夜,都会照付加班费,金额还没有上限。"

"要是不喜欢无偿加班,就去跟公司要回你应得的酬劳。"伤疤男说道。

"我们公司采取的是定额加班费制度,就算加班,也拿不到钱。"

"就算是定额加班费制度,如果超过了事先规定好的加班时间,公司还是需要付加班费的。你们的基本工资跟加班补贴分别是多少?"

顺平有些犹豫,不知道该说不该说。这时,鱼住从上衣的口袋里取出了工资明细单。

"我看看……基本工资是二十二万日元,定额加班费是五万日元。"

鱼住比顺平大两岁，工资却跟他相差无几。

"嗯……"鱼住歪着头，"基本工资二十二万，加班费五万的话，这样是多少小时？"

"按每天工作八小时、周末休息来算的话，八小时乘以二十二天，一个月的工作时间就是一百七十六小时。每小时的加班费用，二十二万除以一百七十六就能算出来。"伤疤男说道。

鱼住打开了手机里的计算器。

"一千二百五十日元。也就是说，接下来用五万日元除以一千二百五……哎？只有四十小时啊？"

"按每周休息两天，工作日每天只加班两小时来算都不止四十小时了。这么算起来，我们每天都超额加班了好几个小时啊。"顺平说道。

果苗偷偷瞄了一眼自己的工资明细，敲打着手机计算了一番，发出了一声长叹。

"我当总务的时候，每天都在公司待到九点之后。这样算起来，每个月都无偿加班了二十个小时以上。"

鱼住"啧"了一声。

"定额加班费制度听起来好像不用加班也能领加班费，以为自己赚到了，殊不知被公司剥削得这么严重。"

"看这样子，你们是连三十六协定都不知道啊。"伤疤男说道。

鱼住歪了歪头："三十六协定？"

"《劳动基准法》第三十六条中提到的，雇主和劳动者之间的协定。你们公司有工会吗？"

"没有。"

"那就要选出一个能代表半数以上的员工的人与公司签下协定，上交劳动基准监督部。说到底，要是没有三十六协定的话，公司是不能让员工加班的。"

"不知道我们公司有没有签啊？麦岛叔是老员工了，应该知道吧？"

麦岛一脸慌张地喝了口冷酒："多半是没签吧，毕竟我们公司完全是凭社长的一己之力在运转的。"

"没有三十六协定也能让员工加班吗？"

"这种情况，按法律规定将处以六个月以下的有期徒刑或三十万元以下的罚金。不过，如果不是性质特别恶劣，一般是不会受到处罚的。"伤疤男说道。

"喔……"麦岛说道，"店长对法律很了解啊。"

"我再怎么说也是个当老板的人。"伤疤男冷漠地回答道，转身返回餐车里。

"一说起钱的事头就痛。别提这些让人不愉快的事情了，大家开开心心地喝酒吧。"鱼住说道。

大家重新开始喝酒,但脑海里却满是外派和加班的事情,常常话说到一半就突然陷入冷场。

麦岛突然起身,走到烟灰缸前开始抽烟。顺平一直不知道麦岛是个烟民。现在想来,他上班时常常离席,大概就是到外面去抽烟了。

终于,胡须男把一个大笊篱和四个玻璃小碗端了上来。

"醒酒餐来啦。"

笊篱里装的是碎冰和素面。

素面实在是不像 Spicy Gang 会提供的菜品。如此闷热的夜晚,格外地让人想吃点冰凉的东西。小碗中装着蘸汁,除了葱和生姜之外,还有一种绿色的调料。

伤疤男下车,又抽起了烟。

顺平把面浸在蘸汁里,吸了一口,突然感觉到一股辣味直冲脑门。

"啊,好辣!"

"我从没吃过这么辣的素面。"鱼住和果苗同时说道。

伤疤男说,绿色的调料是切碎的青辣椒。

"辣椒中含有辣椒素,可以促进发汗和降低体温。一开始可能会感觉身体发热,但之后就会变得凉爽。"

"这种又冰又辣的感觉真是奇妙呀,感觉吃多了会上瘾呢。"

听果苗这么嘀咕着，伤疤男说道："在这基础上再加上蒜末和芝麻油，就是一道下酒菜了。"

"就算不加，光是这样也非常下酒啊。"麦岛说着，一口素面就着一口冷酒吃了起来。

青辣椒的辛辣感确实非常下酒。顺平喝得正欢时，不经意间朝巷子里一看，四个年轻人正朝这里走来。

四人里有三个男人、一个女人，看上去都是刚过二十岁的样子。看起来是去哪里喝了酒，正在回家的路上。四人一路吵吵嚷嚷地说着话，突然其中一个男人朝餐车的方向奔了过来。

"火野先生？这不是火野先生吗？"男人喊道。

胡须男一瞬间睁圆了双眼，但立刻别过了头："你认错人了，我不姓火野。"

"不可能吧，你就是火野先生啊。"

男人开始端详胡须男的脸。

伤疤男急忙熄掉烟，打算回到餐车里，却还是晚了一步。

"啊，柳刃先生也在。"

伤疤男听见男人的大声叫喊，停下了脚步。他稍稍放松了表情，"啧"了一声，说道："是良太啊，你在这里干什么？"

"大家难得出来喝了点酒，现在正要回家。"

被称为良太的男人这么说着，降低了音量低声问道："你们俩是在这里……"

"看不出来吗？我们在经营餐车。"

良太回过头，朝另外三人喊了一声。三人刚走过来，就纷纷"柳刃先生""火野先生"地喊了起来。

伤疤男和胡须男不知怎的，用尴尬的表情对看了一眼。

被称为良太的男人把手朝向另外三人说道："信也在动漫店里打工，洋介在外资服装厂，小春在出版社工作。"

"柳刃先生，火野先生，好久不见。"被称为小春的高个女人向两人鞠了一躬，说道，"哇，两个人都晒黑了呀。完蛋了，好萌啊。"

"别说了，小春。你又在用奇怪的眼光看他们了吧？"被称为洋介的男人这么说道。

叫信也的男人猥琐地笑着，说道："柳刃先生，我现在也一直在吃大蒜哦。"

"所以你的口臭才会这么严重啊。你们看看啊，这肚子大的。"

良太掀开信也的T恤衫，向两人展示了信也圆滚滚的腹部。

"嗯……大家都很努力啊。"胡须男看上去有点难为情。

伤疤男缓缓地点着头，说道："良太，你又是在做什么工作？"

"我在一家叫 Ad Tasty 的公司当撰稿人，不过现在还是实习阶段。"

"好，我明白了。你们快回去吧。"伤疤男说道。

良太把眉毛皱成了个"八"字："哎——让我们喝个几杯再走嘛。"

"不行，你们别再到这里来了。"

"也就是说，这也是秘密行动……"

"别说些有的没的，听明白了就快走。"

明明被下了逐客令，良太却满脸的笑容。

"那再见啦。"他这么说着，转身离开。

"再见啦。"胡须男说道。伤疤男一言不发地举起单手示意。

四人笑着，挥着手走远了。

接下来周六、周日两天，顺平都睡到中午过后才起床。

外头暑气冲天，让人不想出门；而且顺平一想到公司的事就心情郁闷，什么事都不想做。不管睡多久，巨大的压力都让他疲惫不堪。

虽然工资刚到手，但是考虑到将来，从现在开始得勒紧裤腰带过日子了。

整天待在空调房里喝着罐装咖啡和果汁，愈发提不起劲。顺平看着电视，玩着手机，无所事事了一整天。一转眼已经是周日的傍晚，宝贵的假期也马上就要结束了。

因为一直没出门，顺平的一日三餐都是吃之前买的杯面和袋装速食品凑合的。但是那些东西让人毫无食欲，每餐都剩下了一半以上。

如果是 Spicy Gang 的菜，应该会让人有些食欲吧，然而顺平已经下定决心不再到那里去了。

前天晚上，在四个年轻人回去之后，顺平向两人询问了他们的身份，但两人用"熟人"二字蒙混了过去。那四个年轻人看上去跟凶神恶煞的伤疤男二人完全不是一路人，顺平一点也猜不出他们之间是什么关系。

不过唯一搞清楚了的是"柳刃"跟"火野"两个名字的写法。果苗当时询问了两人名字的写法，胡须男不情不愿地告诉了她。伤疤男似乎对此感到有些不快，在大家离开之前都没有再从餐车里走出来。

不管是在面相还是态度上，柳刃跟火野两人都可疑至极。如果是道上的人，跟他们牵扯太多想必会有危险，他们说不定还认识一些不好惹的朋友，顺平可不想在这个关键的时期被牵扯进麻烦事里。

"那两个人果然很可疑啊。"前天晚上，顺平在回家的路上这么说道。

"你为什么会这么想？"果苗问道。

"他们刚才不是不想把名字告诉我们吗?而且隔壁的大楼看上去也很诡异。"

"别担心啦,他们跟那四个年轻人关系那么好,一定不是什么坏人。"

"你不觉得那些年轻人也有些不对劲吗?叫良太的那个人,还说了什么'这也是秘密行动',搞不好他们是在暗地里贩卖毒品呢。"

"你想太多啦,毒贩子怎么会来卖盒饭呢?"

果苗还是一如往常的一点危机感都没有。

鱼住同意了顺平的说法:"他们连怎么搞垮一家公司都知道,肯定是跟黑社会有关系的人。要是跟他们走得太近,指不定哪一天就会被利用。"

鱼住的猜想比顺平的听上去还要危险,只有麦岛一个人皱着眉头。

"黑社会在大阪也不少,遇上一个两个也不是什么稀奇事。但万一被人看见,不知道会传出什么风言风语。如果没有必要,我觉得还是别跟他们扯上关系为好。"

得知麦岛也和自己意见相同,顺平感到了放心。

只是伤疤男柳刃说的那些话,还是让顺平十分在意。

因为刚毕业就进了公司,顺平对三十六协定、定额加班费制度等有关劳动关系的知识十分匮乏。虽然在找工作的时候研究过，但会在意雇佣条件的也只有一开始的那段时间，之后就无暇顾及了。

那是顺平大学第三年的春天。现在的公司都把校园招聘的时间排得比较晚，但当年与现在不同，大家很早就开始找工作了。

当时大学开展了求职指导会，顺平和同学们也跟着开始了企业研究。在个人分析的时候，顺平搞不懂自己适合什么工作，就投了几家比较受欢迎的公司。

一开始顺平的态度还非常乐观。但在看见自己投的简历一份份地被刷下来时，他感到了焦虑。他开始思考怎么改善简历上的应聘动机和个人优点，还把整本 SPI 问题集都背了下来。

经过不懈努力，顺平总算得到了几家公司的面试机会，但都在初试或复试落选。顺平拿着修改过无数次的简历，穿着尚未穿惯的西装，奔波于各个公司的说明会。

顺平在大学的成绩算是中上。他以为只要稍稍做出妥协，就一定会被录用，但都无一例外地落选了。时间来到大四的秋天，看着同学们一个个拿到录用通知书，顺平愈发焦虑起来。

在财政部工作的大哥每次回老家时都会对顺平冷嘲热讽道："再这么下去，你要成无业游民了。有意向去些中小企业吗？我可以动用我的关系把你安排进去。"

父母总会拿兄弟俩做比较，抱怨顺平没出息。

在顺平几近绝望的时候，他得到了 Global Eggs 的面试机会。顺平原本心想，Global Eggs 虽不是上市公司，但名声在外，想必是不会录用自己的吧。但出乎意料的是，他接连通过复试和终试，成功被公司录用了。

顺平高兴得都要跳了起来。实际上，在得知这一消息时，他确实激动到跳了起来。

当时正好是"黑心企业"这个词开始出现的时候，顺平还以为那种企业离自己很远。不过现在得知 Global Eggs 通过定额加班费制度来让员工无偿加班，想来 Global Eggs 从一开始就是一家黑心企业吧。

不管怎么说，自己现在是公司的裁员对象了。回想起来，当初拿到录用通知书，高兴得在老家玄关一跃而起的自己实在是可悲至极。

但是一味地感伤也改变不了什么。得想个办法留在公司，或者是考虑转职。再这么下去，自己很快就会身不由己。

不知何时日头已经偏西，窗外的光线暗淡下来。气温降了一些，导致空调的风吹起来有些刺骨。顺平关掉空调，缓缓地起了身。

顺平终于有了些食欲，但他已经不想再吃杯面和袋装速食了。

他站在厨房，想着要自己做些什么，脑海中便浮现出了柳刃的脸。顺平感到心烦意乱，打消了自己做饭的念头。

顺平走出房间，拖着沉重的步伐走向便利店。

第二天早晨也是热得暑气逼人。

好像是因为热岛效应[1]还是什么的，东京市中心的气温是全国最热的。

沥青路面反射的阳光，滚烫的混凝土，车尾气，空调室外机，密集的建筑物，还有拥挤的人群。

因为是周一早上，出勤的上班族都是一脸忧愁的表情。每当看到比自己还要疲惫的面容时，顺平的内心就会略感慰藉，但这并不能解决他的任何问题。

顺平进入人才支援部，打了卡。过了一会儿，钵元也进了办公室。

光是钵元在场就让人心烦意乱了，偏偏今天还是社长视频寄语的日子。当然，看完之后一样得提交观后感。

社长兼 CEO 的甘糟大志有着一张被太阳晒得黝黑的脸，以及一口被美白得几乎显得苍白的牙齿。屏幕中的他滔滔不绝地讲了起来。

---

1 热岛效应：从二十世纪六十年代开始，在世界各地大城市出现的一个地区性气候现象。具体表现为一天中城市的气温都比周边地区高，并容易产生雾气。

"然后，我们要带着 global 的 literacy，agile 地 decision solution 的 priority，并且掌握能够 nurturing benefit 的 cloud……"

大家一如往常地听着莫名其妙的发言，写着不明所以的感想。鱼住也跟平常一样，时不时地往顺平的方向偷看。

钵元收走观后感后便离开了。交上去的观后感既没人看，也没人评分，所以大概钵元自己也不知道这么做的意义是什么吧。

今天的工作是邮件的装袋和数据的输入。

组里的四人分工后各自开始了工作。鱼住和麦岛负责邮件装袋，顺平和果苗负责数据输入。大家就这么干到了午休临近的时候。

"今天 SpiGan 卖的不知道是怎样的盒饭啊？"鱼住说道。

SpiGan 似乎是 Spicy Gang 的略称。

"我昨天试着做了做萝卜苗培根。"果苗说道。

"萝卜苗培根？"

"对不起。我刚才听到鱼住那么说，一不小心也把菜名缩略了。就是我们之前吃的，把鲸鱼培根和萝卜苗用醋、酱油还有芝麻油拌在一起的那道菜。"

"啊，你说那个啊。"

"虽然没放海蜇，但也已经非常好吃了。还有芥末鳕鱼籽炒魔芋丝，也非常简单。"

"你还在为将来分配到'低卡路亭'而学习做菜吗？就算真的

去了，我们肯定也是负责送餐的啊。"

"跟'低卡路亭'没关系，我只是想做而已……"

鱼住跟果苗今天还要去 Spicy Gang。他们也邀请了顺平，但顺平以不想和柳刃他们扯上关系为由拒绝了。

果苗透过黑框眼镜向顺平投来冰冷的眼神。

"真锅，你的精神洁癖还真严重呢！"

"不是这样的，万一那两个人真的是黑社会怎么办？你难道不害怕吗？"

"柳刃先生跟火野先生从来没给我们造成过困扰啊，倒不如说他们很亲切热心，不是吗？"

"但是他们接客时那么粗鲁，还一副高高在上的样子。"

"虽然快餐店的服务态度肯定比他们好，但在快餐店能问到菜的配方跟做法吗？店员能陪你聊工作上的事吗？"

"我倒觉得你这样跟来历不明的人讨论工作上的事才奇怪吧。"

"这是你的偏见。对于雇佣关系，店长比我们几个要清楚多了，不是吗？"

"总之，我是不会去的。"

果苗平时迷迷糊糊的，到了这种时候却变得咄咄逼人，就是因为这种性格才会被调到人才支援部的吧？

话虽如此，但顺平对于中午该吃什么有些迷茫。

他不想吃"低卡路亭"的盒饭,就算想吃,订餐时间也早就过了。顺平不想独自变成午餐难民,便向麦岛搭话道:"那家立餐荞麦面店很挤,对吧?"

麦岛露出有些为难的表情,歪了一下头,说道:"虽然很挤,不过只有两个人的话,还是挤得进去的。"

顺平跟着麦岛来到新宿站附近小巷中一家叫"手擀武士"的店里。又是手擀又是武士的,不禁让人联想到某种刑罚。不过顺平还是忍住了将这番感想脱口而出的冲动。

跟很多立餐荞麦面店一样,这家店的店门口也设有出售餐券的售票机。

因为刚发工资,顺平下血本买了笊篱荞麦面配天妇罗的"天笊套餐",一份六百八十元。麦岛买的是三百七十元的"蒸笼荞麦面"。

正如麦岛所说,店里挤满了中老年的上班族。两人将餐券放在狭窄的柜台上,一名年纪在四十岁上下的男性工作人员便默默地将其取走。因为店铺狭小,光是去取饮用水都花了顺平好大一番工夫。就连站在柜台旁时,如果不缩一缩肩膀,都会碰到旁边的客人。

因为店里中老年顾客较多,所以播的音乐也是风格有些阴郁的演歌[1]。

---

1 演歌:二十世纪六十年代开始流行起来的一种日本歌曲风格。

夏季极品下酒菜　　091

先前的工作人员一言不发地把"天妇套餐"和"蒸笼荞麦面"放在柜台上，一副"爱吃不吃"的态度。

虽然顺平原本就对立餐荞麦面店的服务水准没有太高的期待，但这种蛮横的态度还是让人气不打一处来。麦岛却一副毫不在意的样子，转眼间已经吃掉快三分之一的面了。

顺平急忙掰开一次性筷子开始用餐，但没一会儿就腻了。

面条口感干燥，一点都不筋道。蘸汁毫无香味，味道简直像是酱油兑水。天妇罗似乎也不是现炸的，面衣上沾满了油，发出药品一样的气味。顺平无法想象这种店也能宾客盈门，但客人就是络绎不绝地前来用餐。

麦岛三下五除二地把面条吃光，已经开始用牙签剔牙了。反正东西也不好吃，让麦岛久等也有些不好意思，顺平便将大量食物剩着直接离开了。

麦岛在拥堵的人群中快步前行。就在顺平不知道他到底赶着要去哪里时，麦岛走进了街道上的吸烟区里，开始抽烟。

在灼人的烈日下，浑身大汗的上班族们眉头紧锁地抽着烟。虽然顺平知道这是因为他们找不到其他能吸烟的地方，但他心想，与其这么痛苦，为什么不干脆戒烟呢？

顺平一边焦急地等待着麦岛抽完烟，一边开始与他攀谈。

"虽然难得您带我出来吃饭，这么说有些失礼，但刚才那家店还挺一般的啊。"

"何止是一般,简直就是灾难。不过我只要能填饱肚子就行。"

"毕竟只要过了十二点,到处都是座无虚席啊。"

"想当年我还在大阪时,吃饭的时候可悠闲了。我在跟你差不多年纪的时候别提多风光了,当时公司发展的势头也是蒸蒸日上的。"

麦岛从关西一流的大学毕业,进入了 Global Eggs 的前身——"甘糟广告社"。据说当时公司主营广告宣传业,麦岛是业务员。

"当时景气,我给公司招揽到了多到数不过来的生意。前任社长当时可喜欢我了。"

"那时候现在的社长还只是个小孩子吧。"

"那时我管他叫少爷,社长管我叫麦岛叔叔,可黏我了。现在他已经高高在上,想跟他说句话都没机会了。"

"您跟前任社长那么熟识,出人头地不应该是十拿九稳的事情吗?"

"是啊。我当时觉得自己一直这么做下去,总有一天能当上公司高层的。"

然而在那之后,经济开始萧条,广告宣传业务也开始缩水。信息服务、网络教育等网络业务取而代之成了主力军。公司更名为 Global Eggs,麦岛也被调到宣传部,似乎自那之后形势就开始恶化了。

夏季极品下酒菜　　093

"宣传部听上去好听,但工作内容基本就是在公司出了问题后去找客户赔礼道歉。即便如此,我还是打算咬着牙工作到退休,没想到现在却落到这种下场。"

"麦岛叔为公司做了这么多贡献,却被这么对待,太可恶了。"

"早知道会这样,还不如早点辞职算了。我已经一把年纪无处可去了,但我奉劝你最好想清楚了,再决定要不要在这样一个烂公司里待下去。"

麦岛一边抱怨着,一边抽起了第二支烟。

虽然很同情麦岛,但说白了,他就是跟不上时代了。话虽如此,但顺平也和他一样,离被裁员只有一步之遥。或许真的如麦岛所说,与其勉强留在公司,还不如着手找下一份工作才是上策。

因为陪麦岛在烈日下站了许久,回到公司时顺平已经汗流浃背。而且因为午餐没吃饱,肚子也开始饿了。

听果苗和鱼住说,今天 Spicy Gang 的盒饭是干拌担担面配炒饭。鱼住像是挑衅般地舔了舔嘴唇,说道:"真好吃啊,那种叫'花椒'的中国调料可真够劲儿。"

"炒饭也很好吃啊,明明只放了蛋和葱而已。还有附送的榨菜也……"

顺平不悦地一言不发。

把 Spicy Gang 跟糟糕透顶的手擀武士一比，顺平感到后悔不已。但自己早已决定再也不去那里了。就在顺平火冒三丈地敲着键盘时，鱼住开口了："最近开始去 SpiGan 吃饭之后，我有了个想法……"

鱼住把邮件装进信封里，小声嘀咕道："要是真被公司开除的话，就开始做他们那种生意，感觉也不错啊。"

"那种生意，指的是跟 SpiGan 一样经营餐车吗？"果苗这么问道。

鱼住点了点头："嗯。你想，东京有这么多的午餐难民啊。而且虽然有关摆摊卖盒饭的规定很严格，但餐车就自由多了，想去哪里营业都可以。"

"但车要怎么办？要花很多钱吧……"

"其实我是有门路的。我的一个叔叔开了家二手车行，应该花不了多少钱就能买到一辆像 SpiGan 那样的露营车。"

"真不错啊，我也想试试看。"

"饼田，你这么喜欢做菜，感觉很适合啊。"

"不过，开店资金也是个问题。"

"只要能把车搞到手，剩下的都不是问题。大家合资的话，平均下来每个人的负担都不会太大。我会跟老婆商量看看能不能凑点钱。"

夏季极品下酒菜　　095

"我也有一小笔积蓄。不过你这样突然说要做生意,你老婆不会反对吗?"

"我会想办法说服她的。她肯定也不想看到自己的老公被公司开除以后找不到工作,无所事事吧。"

"说得也是啊。我也到了很难转行的年纪,个体经营说不定更适合我。"

"很好,我感觉已经能看到希望的曙光了。真锅,你怎么看?"

"怎么看?这个想法要说有趣倒是挺有趣的。"

"对吧?我们一起干吧。"

"我没办法。我虽然有驾照,但从不上路。"

"有驾照就行啦,只要能想起之前学过的要领,开车就没什么难的。"

"说是这么说……"

"真是胆小啊,这一开始可是你说的啊。我们在 SpiGan 吃饭的时候,你说想经营餐车的。"

"我那只是随口一说……"

顺平话到一半被打断。

"这主意挺好的啊。"麦岛说道。

顺平睁大了双眼:"您不是不在乎食物的味道,只要能吃饱就行吗?"

"做生意跟自己吃饭是两码事。今后的时代，除非是进了特别好的公司，否则当个小职员都是没前途的。总有一天会像我们这样，不知什么时候就被开除。就这点来说，食品行业比较不会受到经济不景气的影响。"

"这么说，麦岛叔也愿意参加了？"鱼住这么问道。

然而麦岛却摇了摇头："我一把年纪，已经经不起风吹日晒，做不了这种要四处奔波的工作了。不过，同事一场，我会为你们加油的。"

"你看，麦岛叔都这么说了，真锅你也一起来吧。"

"我可是一点都不懂烹饪和做生意啊。不过鱼住你之前是跑业务的，应该很懂生意经。"

"话虽如此，但我那时候推销的也不是食品啊。唯一的经验只有上大学时在小酒馆当过接待员而已，我甚至连路边推销都没干过。"

"我之前在便利店打过工，不过后来被开除了。他们说我动作太迟缓……"

"我只有在校庆时开店卖过爆米花而已，虽然卖到最后还剩了一半以上……"

"没关系啦，一回生二回熟嘛。"

"就是说啊，光是想想就觉得有希望了，不是吗？"

果苗和鱼住纠缠不休地邀请顺平一起创业。

顺平觉得他们俩似乎把自主创业想得特别轻松。从来没有做菜经验的人开饮食店,怎么想都不可能会顺利。但是,这次连麦岛都表示赞成,顺平实在难以明确表示拒绝,最后只得用一句"我考虑看看"蒙混过去。

第四章

酷暑难耐的夜晚

这一天的常规套餐是金枪鱼炒苦瓜、番茄通心粉、四季豆拌豆腐和豆奶浓汤。

　　"低卡路亭"的广告上说，这是考虑到营养均衡而制作出的菜色。那到底又是为什么，这些菜让人吃得一点食欲和活力都没有呢？

　　顺平一边缓缓动着筷子，一边环视四周。大家都出门吃午饭了，办公室只剩自己。钵元在的时候，大家会顾虑到他而选择订"低卡路亭"的盒饭，但今天钵元一个早上都没有露面。

　　和麦岛一起去吃午餐是四天前的事。

　　顺平受够了手擀武士，但同时也决定不再去 Spicy Gang。所以自那之后，顺平中午都只吃"低卡路亭"的常规套餐。

　　整个部门只有自己点了"低卡路亭"的外卖，感觉像是自己想用这种方法来讨好公司一样，顺平不禁觉得有些心虚。再加上盒饭味道清淡，顺平食欲大减。但如果不吃午餐，这么热的天气顺平又担心自己会撑不住倒下。

鱼住跟果苗每次吃饭回来，都一定会讨论 Spicy Gang。顺平自己吃的是"低卡路亭"的盒饭，自然不想知道他们吃了什么。昨天和前天也是，只要他们一开始谈论午饭，顺平就会离席。

然而两人似乎一点都没有察觉到顺平的反应，还是一如既往地邀请顺平商量开餐车的事。

顺平从没想过要创业。当时说想要经营餐车，也完全只是随口一说。不过，连手擀武士那样的店都能生意兴隆，说不定餐饮业中真的有潜在的商机。

顺平只在 Global Eggs 一家公司待过，所以内心深处对不同的生活方式也有所期待。要是像柳刃和火野，待客方式那么不讲究都能做成生意，那说不定经营餐车真的比当个上班族要好。

但只要一想到父母跟大哥的反应，顺平就会开始担心面子问题。要是告诉他们自己当路边摊小贩，父母就不用说了，大概连大哥都会狠狠地嘲笑自己一番吧。

就算不顾他们的看法开始创业了，创业失败也是很可怕的事。尽管鱼住说不会花太多钱，但自己多半会把仅有的积蓄都赔进去，搞不好还会落个欠债的下场。

与其承担这样的风险，还不如暂时按兵不动，观察局势。

就在顺平终于吃完让人毫无食欲的盒饭时，同事们也接二连三地回来了。不知道鱼住跟果苗吃了些什么,两人都露出了无比满足的微笑。

顺平不想再听到他们谈论 Spicy Gang,于是他看准两人坐下的时机起了身。就在这时,钵元进了办公室。

"临时通知,接下来将进行个人面谈。"

顺平吓了一跳,重新坐回了椅子上。

个人面谈跟上次一样,部门员工们一个个被单独叫到大会议室。

但和上次不同的是,这次在进屋前需要接受搜身。

会议室的门前站着两名人事部员工,要求进门的人举起双手。两人像警卫一样搜查员工的身体,并收缴了员工们放在口袋中的手机,称在出来的时候会归还。看样子他们是担心面谈内容会被员工录音。

之前柳刃说,只要录下个人面谈时的对话,就能将其作为证据,证明公司强制员工辞职。不过公司大概早就看穿员工的这些小算盘了吧。

顺平再次认识到了公司对于裁员一事的决心,心情顿时变差了。

顺平走进大会议室,巨大的桌子对面坐着的仍是上次那三个人。

"怎么样，真锅先生，你得出结论了吗？"顺平刚向三人鞠了一躬，钵元就急不可待地问道。

"不，我还在犹豫中。"

"明天就是八月了。我之前也说了，如果决定在 Cook Job 常驻的话，公司会支付下个月的夏季补贴。财务审批也需要时间，今天是最后期限了，能不能麻烦你现在就决定呢？"

"这也太突然了，我没办法……"

"我们应该已经给你足够的思考时间了。你的言下之意，是不打算常驻 Cook Job 了，是吗？"

"如果是这样的话，我会怎么样？"

"夏季补贴自然是拿不到了。至于今后的待遇，我们会另行通知，不过可以肯定的是，条件一定是不如现在的。"

江组和酢崎互看了一眼。

"真是遗憾。"

"就是说啊，这么难得的机会。"

顺平看着两人刻意的表演，不禁叹了口气。钵元整理好文件，说道："我们明白你的想法了，那么今天的面谈差不多……"

察觉到面谈快要结束，顺平急忙开口道："那个……我听说接下来可能会被分配到'低卡路亭'去。"

"你这是听谁说的？"

总不能说是麦岛说的吧？顺平一言不发。钵元的脸上露出冷笑。

"我之前也说过，如果人才支援部能一直维系下去，将来会成为一家分公司。那时你们就会自动成为外派员工。也有可能在那之前就对你们进行外派处理，不过外派到哪里还暂时待定。"

暂时待定就意味着"低卡路亭"的可能性仍然十分之大。之所以不言明外派地点，应该也是担心被说成强制要求员工辞职吧。

"如果想常驻Cook Job，今天是最后的机会了。"钵元这么说着，结束了面谈。

在Cook Job这种专门和黑心企业合作的介绍所里待再久都不会有前途。但是比起被外派到"低卡路亭"去，算是好太多了。而且如果同意常驻Cook Job，还能拿到夏季补贴，稍微增加一些储蓄。

该放弃了吗？还是该再坚持一段时间？

顺平犹豫不决地回到了人才支援部。等大家的面谈都结束了之后，顺平问过同组的另外三人，他们都不打算常驻Cook Job。

不过，不知道是不是因为大家内心仍存有一丝犹豫，工作进度十分缓慢。大家花了平常好几倍的时间才完成从业务部接到的会议资料的录入任务。

隔壁组的男人们则手忙脚乱地工作着，跟顺平四人形成了鲜明对比。他们四个人都年事已高，大概是在面谈的时候被相当严厉地教训了一番吧。

顺平疲于录入工作，看了一眼电脑上的时钟，时间是五点二十五分。再过五分钟就是下班时间了，不过顺平自然是没办法准时下班的。

鱼住伸了个大大的懒腰。

"姑且先到 Cook Job 去，把补贴拿了也是一条路吧。等拿到补贴再辞职就行了。"

"为了拿补贴而选择常驻吗？"果苗问道。

"嗯。如果要经营餐车的话，资金也是越多越好。"

"一拿到补贴就辞职，总觉得对不起公司啊。"

"饼田，你可真是个老好人啊，公司可是想开除我们几个的啊，有什么可同情的？"

"不过，再怎么说，公司也雇了我们这么久……"

"那也都是出于公司利益的考虑而已，偶尔也该考虑考虑我们自己的利益啊。"

"申请常驻 Cook Job，今天就是最后期限了。快去跟钵元科长报告吧，要不就来不及了。"麦岛说道。

"是啊。怎么办啊？麦岛叔，你如何打算？"

"我这一把年纪了，不可能再转职了，只能乖乖等着被开除了。不过，你们三个都还年轻……"

麦岛话到一半，鱼住突然想起了什么似的插了嘴："对了，我们是不是该趁着这个机会，向公司索取之前无偿加班的工资？"

"公司可没你想的那么傻，你要是申请常驻 Cook Job，就一定会被要求签下附加各种条件的合同。合同里一定会有一条，是不允许你去索取加班费。"

"要是这么麻烦的话，我还是不想去 Cook Job。反正可以等具体外派地点通知下来了，再决定要不要辞职……"顺平说道。

鱼住点了点头："嗯，真锅这么说的话，那就算了。反正我们本来就有该做的事情。"

"不用太在意我的意见啦，不过你说的该做的事情，是什么？"

"经营餐车的计划啊。真锅，你考虑过了吗？"

"我还没想好。"

"只有我跟鱼住两个人，人手不够啊。要是真锅也能帮忙的话……"果苗说道。

顺平歪了歪头："SpiGan 不也只有两个人吗？"

"他们两个已经是老手了。只有两个人的话，在营业时间里没办法休息，接待客人的时候可能也会不够周到。"

"雇个临时工不就好了。"

"要是真找不到人的话，也只能那样了。不过我还是希望能找个信得过的人。"

"你信得过我吗？我们也才一起工作了一个多月啊。"

"只要一起工作久了，就能信得过吗？那照理来说，我之前部门里的同事也都能信得过，对吧？但是他们却抛弃了我。"

"我也被同事抛弃了。"

顺平这么说着的时候，隔壁小组的男人们突然同时站起身来。

男人们拿着外套和公文包，朝这边走来。平时两个小组之间完全没有交流，顺平完全想不到他们这是要干什么。就在这时，一个五十岁上下的男人向四人点头致意，说道："今天的个人面谈中，我们组的全体成员都决定常驻 Cook Job 了。你们组情况如何？"

"啊？"鱼住惊呼，"我们组都不打算去……"

"是这样啊，那就请各位多多努力了。"

男人轻轻鞠了一躬，转身离开，另外三个男人也紧跟其后。

"哎？各位已经要下班了吗？"

"嗯。上面说，直到常驻开始为止，这段时间不需要过来上班了。"男人头也不回地答道。

顺平看了看隔壁组的办公桌，不知何时已经被收拾得干干净净。他们刚才那么忙碌，看来是在收拾个人物品。

四个男人打了卡后离开了办公室。

那天夜里比平常更加闷热，外头一点风都没有，潮湿的空气紧贴着肌肤。

顺平用手背擦了擦汗淋淋的额头，看了眼手表。时间已经过了八点，气温却还是一点没有要下降的样子。

他正坐在 Spicy Gang 的长椅上。

四人坐的位置跟在办公室里的一样，坐顺平隔壁的是鱼住，对面坐着果苗，麦岛则坐在斜对面。

虽然顺平已经下定决心不再来这里，但一是被大家邀请，二是他自己也想借酒浇愁，所以最后还是来了。

在隔壁组的男人们下班之后，办公室里的气氛愈发压抑。人才支援部的成员一下子就少了一半，这让顺平有种自己被剩下了的感觉。

顺平还在考虑现在申请常驻 Cook Job 会不会太晚。

从鱼住和果苗两人的表情中，也能看出他们和自己一样正在犹豫着。虽然追在隔壁组的屁股后面申请常驻有些丢脸，但现在已经顾不上面子了。

鱼住焦虑不已地在椅子上坐立不安，时站时坐。

"怎么办？本来都决定要放弃了，但事情变成这样，还是会很担心啊。"

"就是啊。明天之后部里就只剩下我们四个了，总觉得很不安……"顺平说道。

"这可不好啊,"麦岛嘀咕道,"只剩我们四个人,公司肯定会逼得更紧。不过,如果鱼住跟真锅你们俩都去 Cook Job 的话,人才支援部多半会解散,那我也差不多该辞职了。"

"对哦。如果我们两个都去了 Cook Job,麦岛叔跟饼田的日子就不好过了。"

听顺平这么说,麦岛摇了摇头,说道:"你们不用担心我。反正迟早要辞职,不如早点儿得出结论,还痛快些。"

"也不需要在意我,如果人才支援部不复存在,到时候我会主动辞职的。"

"这样也太可怜了,你也到 Cook Job 去不就好了?"

"我就不用了,我已经不想当上班族了。"

果苗说完这句话后,关于 Cook Job 的话题便戛然而止。

一部分是出于对麦岛和果苗的同情,更重要的是顺平本身就不是很想去 Cook Job,于是他就在心中告诉自己,这样也挺好的。

鱼住大概也跟顺平一样的想法,突然态度一转,露出笑容。

"既然决定不去 Cook Job,那就跟公司索取无偿加班的加班费吧。"

"公司这么抠门,想拿到钱估计没那么容易。我已经为公司无偿加班三十多年了,早就不抱希望了。"麦岛唉声叹气地说道。

"确实,索要加班费的流程很复杂啊。我在网上查过了,搜到的全是一堆乱七八糟的法律的东西。"

"要不要问 SpiGan 的店长看看?"果苗说道。

"有道理。"鱼住说道,"大家一会儿一起去问吧,也算是为了纪念人才支援部只剩下我们四个人相依为命。"

"好呀,一起去吧。"

果苗一如既往地表示赞成,麦岛居然也同意了。

"您前几天不是说,最好不要跟他们扯上关系吗?"顺平说道。

麦岛用手指挠了挠光秃秃的额头,说道:"是这样没错,不过那里的菜确实好吃,而且还能抽烟。"

顺平心想,一个人回家也太过寂寞,便接受了同事的邀请。不过到了 Spicy Gang 之后,大家都一副疲惫不堪的样子,聊天时也有气无力的。

就在顺平为了打发时间玩着手机时,穿着围裙的胡须男火野,把惠比寿啤酒和玻璃杯端上了桌。

顺平把啤酒倒进结霜的杯中,与三人干杯。虽然没有什么值得干杯庆祝的事,但在这样一个闷热的夜晚,一杯冰凉的啤酒下肚,着实令人大呼过瘾。

"在菜上来之前,就拿这盘当下酒菜喝一会儿吧。"

火野这么说着,把装有岩盐和青柠的盘子摆在桌上。吃法似乎是把切成角状的青柠挤入杯中，再取一块岩盐入口咀嚼，然后喝酒。

顺平问为什么唯独今天推荐这样的喝法。火野微笑着说："这其实本来是一种叫特卡特的墨西哥啤酒的喝法，不过这种喝法刚好很搭今天的菜色。"

顺平照着火野说的做了。啤酒加上了青柠的酸味，口感变得清爽无比，配上岩盐的咸味，让人一口接一口停不下来。

顺平就着青柠和岩盐把第一罐啤酒一饮而尽。正当他打算开第二罐时，火野把两个盘子和叉勺端上了桌。

两道菜的外表看起来都像是咖喱，一道是大红色，另一道则是黄色。定睛一看，红色的那道里面有肉糜和豆子，黄色的那道里放的则是鸡肉块的样子。除此之外的食材都看不太清楚。

"红色的是辣豆酱，黄色的是鸡肉曼巴。"火野说完便回到了餐车中。

顺平似乎在哪里听说过辣豆酱，好像还吃过。不过"鸡肉曼巴"还是第一次听说。

他先吃了一口辣豆酱，香料的独特香气便扑鼻而来，肉糜酥脆，豆子热乎松软，口味浓郁。这些味道被番茄的酸味和炒洋葱的甜味所包裹，入口温和，后劲儿却辛辣刺激。

"真好吃啊，神探可伦坡喜欢的就是这种辣椒吧？"鱼住说道。

顺平和果苗表示不解，麦岛却点了点头。

"对啊，对啊，我小时候经常跟家人一起看。"

《神探可伦坡》似乎是一部风靡一时的美国电视剧。

顺平把叉勺伸向鸡肉曼巴。他用叉勺叉住一块鸡肉，大口咬了下去。

包裹着浓稠酱汁的鸡肉有着顺平未曾吃过的奇妙味道。加入了番茄和洋葱的酱汁浓厚甘甜，香气四溢。除此之外，顺平还尝出了大蒜和生姜的味道，却吃不出底料是什么。

火野拿着草叶编成的篮子回到了桌前："可以按个人喜好把这些搭配着吃。"

篮子里装着的是刚烤好的墨西哥玉米饼和切片的法式长棍面包。把辣豆酱用玉米饼包裹起来，吃的时候便有了种墨西哥卷饼的感觉，味道也加分不少。

长棍面包也是现烤的，上面涂着一层薄薄的大蒜黄油。面包本身就已经非常美味，如果再涂上一层鸡肉曼巴的酱汁，便成了一道绝妙的下酒菜。

第二罐啤酒也很快被一饮而尽，顺平又点了一瓶。

不知何时，柳刃已经站在烟灰缸前抽起了烟。

"那个……"顺平搭话道，"这个鸡肉曼巴，是哪个国家的菜啊？"

"是非洲的一道炖菜，调味料里加了花生酱。"

"花生酱？这个奇妙的味道原来是花生酱啊。"

"鸡肉曼巴好像登上了美国CNN[1]发表的世界美食排行榜前十名。虽然这种排名没什么参考价值，不过在炖菜中使用花生酱这种做法还是挺少见的。"果苗取出了记事本和笔，"如果方便的话，能请教一下做法吗？"

"把鸡腿肉用平底锅煎一下，加入洋葱碎和蒜末。炒熟之后加入切块的番茄和几大勺花生酱，炖十分钟左右。最后用胡椒盐和辣椒粉进行调味，辣椒粉的种类随自己喜欢就行。"

"这么简单吗？"

"我只是把最简单的做法告诉了你而已。在炒的时候，正宗的鸡肉曼巴似乎会用棕榈油或花生油，而今天我用的是橄榄油。"

果苗在记事本上奋笔疾书，问道："那辣豆酱要怎么……"

"跟鸡肉曼巴差不多。用橄榄油炒熟牛肉糜、洋葱丝和蒜末，加入压成糊的番茄，用现成的番茄泥或番茄酱也行。接着加入一种叫红腰豆的豆子，再加入肉汤，煮干水分。调味用墨西哥五香辣椒粉和胡椒盐即可。"

"红腰豆跟五香辣椒粉在超市或者网上能买到吗？"

"嗯。红腰豆买罐头装的就行。要是没有的话，用红芸豆代替

---

1 CNN：美国有线电视新闻网的缩写。

酷暑难耐的夜晚

也行。五香辣椒粉跟一般的辣椒粉不同,其中的香料和盐都被磨碎了,所以在调味时要注意盐不要过量。"

"辣豆酱吃起来很像墨西哥卷饼啊。"

"刚才的做法中不加红腰豆,而是配上番茄、牛油果、生菜等一起用玉米饼卷起来,淋上莎莎酱,就是墨西哥卷饼了。不用玉米饼,直接把馅料浇在饭上,就变成一道冲绳塔可饭了。按个人喜好加入孜然、牛至、香菜的话,味道会更正宗。"柳刃说完吐了口烟,问道,"记得这么详细,是要拿去干什么吗?"

果苗跟鱼住互相点了点头。

"我们打算经营像这样的餐车。"

"副业吗?"

"不是,因为不知道什么时候就会被公司开除……"

"这种生意谁都能做,问题是能不能坚持下去。"

"您是说需要毅力吗?"

"毅力自不用说,资金也是个问题。就算客人蜂拥而至,如果成本率跟我们店一样高,基本是不会有利润的。"

"这个问题我也想过。我上网查了查,这里用的食材,像香米和鲸鱼培根之类的,都还挺贵的……"

柳刃把烟头扔进烟灰缸里:"能注意到这点,你非常优秀啊。"

"但是没有利润的话,能做得下去吗?"

"要是一开始就想着赚钱,那自然只能降低食材的品质。餐饮行业竞争如此激烈,要是真那么做了,客人就不会来了。为了能吸引到一批常客,有时也得放弃利润。"

"放弃利润啊……"

"只要从早工作到晚就行了。自己做生意,只要肯牺牲自身的劳力和报酬,总是能做下去的。"

"听起来挺辛苦的啊。"鱼住嘀咕道,"开业资金还是要多多益善。果然得去跟公司要加班费啊。"

"又回到这个话题上了。"麦岛嘀咕着,站起身,开始抽烟。

鱼住向柳刃询问要怎么样才能索取到加班费。

"索赔拖欠工资的法律时效是两年,遣散费是五年,所以等你们离职之后再索赔也不迟,但首先得向公司代表寄一封存证信函。"

"存证信函里要写什么?"

"说白了就是账单。上面要写明工资拖欠的期限和金额,通知他们如果不在规定时间内完成支付,就诉诸法律。模板在网上找得到,请行政书士[1]或者律师代写也可以。虽然会额外花一笔钱,但有专家撑腰,公司方面也会比较有压力。"

---

[1] 行政书士:经日本政府认证,有权接受他人委托,制作并提交文件,处理登记、报批、办理执照、项目审批等业务的职业。

"如果公司还是不付钱的话……"

"那就申报劳动基准监督局。劳动基准监督局会对公司进行调查,并劝告公司支付欠款,但并没有强制执行的权力。"

"这样公司还是很有可能不付钱啊。"

"要是走到那一步,就只能提出诉讼,或是向可以以个人名义加入的工会寻求帮助。不过也可能在那之前,公司就派人来调解了。"

"说是调解,总觉得会被威胁啊。"

"如果感觉可能会被威胁或恐吓,就照我之前说的,用手机或者录音机把对话录下来。要是能成功录到他们不恰当的发言,在之后的交涉中就能占到上风。"

"今天公司进行了个人面谈,我们在进屋前被搜身了。"

"嗯……"柳刃说道,"公司在提防你们了。想要向这么狡猾的公司索取拖欠的工资,可能会很棘手啊。"

"不过,我们确实是每天都被迫进行着无偿加班。"

"有能证明公司拖欠加班费的文件吗?"

"没有,不过之前的部门有打卡机。"

"那你们做过记录吗?"

"记录?"

"日期、上班时间、下班时间,还有当天工作内容的记录。要是没有记录,就只能凭记忆去回想还原。但是单凭那种证据,力度完全不够。最好是能有工作日志、工资记录的复印件，还有电脑的使用记录。"

"工作日志跟电脑的使用记录应该可以搞定。"

"还有一种方法是将每天的上班时间、下班时间和工作内容写进邮件里，从公司发回自己家里。不过现在说这个也晚了。"

"如果之前就知道要这么做就好了，毕竟从没想过自己会走到被裁员这一步。"

"我也是直到最近才知道我们公司是一家黑心企业，刚毕业进公司的时候还以为能待到退休呢。"

柳刃用鼻子哼了一声："虽然我很不想这么说，但我以为应届进公司就一定能一帆风顺，这种想法才奇怪吧！"

"啊？"

"你是不是以为只要成了他们的员工，就意味着你得到了某种权利？"

"什么意思？"

"应届进公司，公司只是给了你一个工作的地方。那之后就要看个人的能力水平了，当然，也要看运气。"

"你是说我们之所以被裁员，是因为能力不足吗？"

"我不知道你们的能力如何，不过至少公司是觉得你们能力不足。"

酷暑难耐的夜晚

"等一下，店长……"

火野试图插嘴，但柳刃并没有停下。

"黑心企业其实是个很主观的概念。如果只是自己待得不舒服的公司就得被叫成黑心企业，那即使是闻名世界的一流公司，以个人标准来说也会被算作黑心企业。"

"被你这么一说，好像还真的是这样。感到为难的只有我们几个，其他的部门似乎一点危机感都没有。"果苗说道。

顺平气不打一处来，说道："我懂店长的意思，但我们毕竟也是客人。怎么能对客人这么说话？"

"顾客就是上帝吗？"柳刃嘀咕道。

看到气氛变僵，麦岛一脸慌张地回到了座位上。

明知道对方很有可能是黑社会，但顺平还是一不小心就动了气。气氛变得剑拔弩张，一触即发。但柳刃却再度点上烟，说道："客人之所以认为自己的地位高于对方，是因为付了钱。现在这个时代，只要肯出钱，基本没有什么买不到的东西。如果说顾客是上帝的话，那肯出钱的人比谁都厉害。就是因为这样，富人才会被尊敬，穷人才会被蔑视。"

"这不是理所当然的吗？"

"如果顾客是上帝，那穷人便只能服从于富人。因为富人比穷人更接近神。换句话说，把顾客神格化，其实跟崇拜金钱没有区别，是一种拜金主义。"

"我觉得这种想法太极端了……"

"哪里极端了？在日常生活中，大家都既是客人，同时也是服务客人的一方。但是，只有富人才能一直当客人，穷人只能服务他们。穷人也只有在像我们这样廉价的盒饭店里，才敢说自己是客人。"

"正因为这样，我才希望你把我们当客人来对待。说来说去，作为一个厨师，你居然抽烟，客人会很困扰的。"

"困扰是一种主观感情，跟权利无关。"

"是感情，不是权利？"

"对员工来说，被裁员是件十分困扰的事，但这并不意味着员工有权利一直在公司赖下去。要是员工的业绩变差了，公司自然可以开除他。这是公司拥有的权利。"

"抽烟也是店长拥有的权利吗？"

"我是按照我自己的理念来做生意的，客人只需要按照自己的理念来选择要去哪家店就行了。我心目中的客人形象可能跟你心目中的有所不同，但我认为像现在这样跟客人聊天，也算是一种待客之道。"

"这能算是待客吗？非要说的话，应该是说教吧。"

"那你的待客态度又如何呢？"

"我的待客态度？"

"举个例子，公司付给员工工资，对员工来说，公司就是需要服务的客人。成为裁员对象，就意味着公司对你有所不满。"

"这我倒是能理解……"

"要是按你刚才说的那样，要尊重客人的权利，那员工就只能谦卑地接受公司所表达的不满。自己毕业时选的公司，事到如今才说人家是黑心企业，你觉得这样有道理吗？"

顺平一时语塞。

柳刃把烟头扔进烟灰缸里，说道："如果要主张自己拥有的权利，其他人把自身权利强加在你身上的时候就别抱怨。正是因为你认为店员应该对客人点头哈腰，所以自己才会不得不对公司点头哈腰。"

"店长，够了吧。"火野打断了柳刃，柳刃一言不发地回到了露营车里。

"对不起啊，一谈到食物跟工作，店长就会较真儿起来。"火野说着，把一瓶红酒摆在桌上。

"忘了刚才的那些话，大家喝酒吧。这瓶算我们店里请的。"

第五章

汗流浃背地在路边吃美味的挺举鸡汉堡

第二天早上,顺平的宿醉十分严重。

疲倦和难受让顺平无数次地关掉闹钟,爬下床时他已经快要迟到了。

光是换衣服就花光了他的所有精力,顺平已经完全没有时间洗脸、刷牙和剃胡须了。

自然,他肯定是连吃早餐都顾不上就冲出了房门。明明已经上了裁员名单,还在担心迟到,看来自己也是当惯了上班族。

今天依旧是酷暑难耐,烈日光芒四射,让顺平睁不开眼。

他浑身大汗地跑到吉祥寺站,强行挤进了看起来完全进不去的满员电车里。顺平被电车中和自己一样大汗淋漓的乘客们挤来挤去,感受到了强烈的呕吐感。

话虽如此,要是在这种地方变身"鱼尾狮"[1],那简直可以说

---

[1] 鱼尾狮:新加坡著名的一座喷泉雕像。

是恐怖袭击了。一定会被人用手机拍照传上网，发在一个标题叫"有人一大早在满员电车里吐了wwwww[1]"的帖子里。

顺平拼命忍住吐意，开始回想昨晚发生的事。

在Spicy Gang被柳刃说教得气不打一处来时，火野拿来了一瓶红酒。本来已经打算回家，但听他说这是店里请的，还是不由得输给了肤浅的欲望。

顺平记得那是一瓶叫科诺苏的智利红酒，他尝了尝，味道非常棒。也正因如此，顺平一不留神喝高了，又点了一瓶。那之后的事情他就完全记不起来了。

他记得当时只顾着一个人闹腾，大家似乎都在担心自己。但他再怎么努力都回想不起来发生了什么，只是一个劲儿地感到心慌。

不过至少是在房间里醒过来的，意味着再怎么迟也没迟过末班电车。

顺平在新宿站下车，疯了般地跑起来。

他感到喉咙干渴难耐，便在路旁的自动售货机买了瓶矿泉水，一饮而尽。用手擦着沾湿的嘴唇，满头大汗、步履蹒跚地跑步的样子，顺平觉得自己简直像个僵尸。

他紧赶慢赶，总算在上班时间前赶到公司，一头栽在了办公

---

[1] w：日本网络用语，表示大笑，类似中国的"233"。

桌上。

"你还记得昨晚的事吗？"

他突然听见果苗的声音，心中一惊。接着麦岛也开口了。

"太好了，看上去似乎没什么大碍，看样子是平安把你送回家了。"

顺平抬起头："送回家？"

"你果然不记得了啊。"鱼住笑了笑，"你在 SpiGan 喝了个大醉，不省人事，我们摇了你半天也不起来。就在我们束手无策的时候，店长跟火野自告奋勇说要把你送回家……"

"所以我们就把你留下，先回家了。"果苗说道。

顺平向三人道歉，但脑海中却一片空白。

一想到自己是被柳刃他们送回家的，顺平一边因为自己丑态百出而感到羞耻，一边又因为被他俩知道了自己的住址而感到不安，直冒冷汗。

难怪自己一路上总觉得心慌，原来是因为这个。

就在顺平在桌上抱着头懊恼不已的时候，果苗像是觉得他还不够惨似的再次开了口。

"你昨晚跟店长胡搅蛮缠了好久呢。"

"怎么个胡搅蛮缠法？"

"'了不起个什么劲儿啊，不就是个黑社会吗？'"

"啊?"

"大家都被你吓出了一身冷汗,但是店长柳刃先生一点也没生气。他只说希望我们不要乱传,会影响店里的生意。"

"是……是这样啊。"

"你最好去跟他们道个谢,等到了午休时间一起去吧。"

尽管顺平傻傻地点了点头,但他已经不想再面对柳刃他们了。他悔不当初,怪自己没有坚持不去 Spicy Gang。

顺平想,等到了午休,就找个借口离席。

顺平整个人已经精疲力竭,但偏偏这种时候,安排下来的工作却是体力活儿,说是要他们去更换灯管跟检查空调状况。

"这是杂务科的工作吧?"

"这任务就是杂务科安排给我们的。"果苗说道。

顺平光是为了保持清醒就用尽了全力,已经不想再干这种体力活儿了,然而大家却早已准备好了工作手套和抹布。

尽管知道徒劳无功,顺平还是扭扭捏捏地不愿意起身。就在这时,财务部打来了内线电话,说希望找人来重装电脑。虽然这也是个麻烦活儿,但顺平早就习惯了跟电脑打交道,而且这对他来说至少比需要活动身体的活儿要好得多。

"这个活儿交给我吧。"

顺平自告奋勇地接下这个工作,避开了杂务部安排的杂活儿。

他独自一人前往财务部，在电脑堆积成山、空无一人的房间中开始了重装工作。工作内容无聊，而且房间里也只有自己一个人，过了没多久，顺平就感到睡意袭来。

顺平不知何时进入了似睡非睡的状态，回过神来时已经是中午十二点了。虽然果苗和鱼住说不定已经在等自己了，但顺平并不想去 Spicy Gang。

顺平本想用"工作做不完"为由回绝两人，但就在他想要跟果苗打电话时，发现电话不在口袋里。

一开始他以为自己是把手机忘在家里了，但仔细一想，今早自己是听见闹钟的声音醒来的。平时顺平一直是用手机来设置闹铃的，自己之所以设定了闹钟，是不是因为找不到手机？

这么一来，就说明他是把手机落在了某个地方。他用宿醉的脑袋苦苦思索着，突然打了个冷战。

看样子他是把手机忘在了 Spicy Gang。

"……糟透了。"

顺平自言自语道，随之瘫在了椅子上。

在得知自己昨天向柳刃口吐狂言之后，顺平根本不敢去见他。

但没有手机会很麻烦，再说对方也把喝醉的自己送回了家，总该道谢才对。顺平这么想着，却迟迟站不起身。

就在他终于下定决心时，时间已经过了十二点半。

顺平匆忙乘电梯到一楼，却看到似乎已经吃过午饭的果苗和鱼住正在走楼梯下楼。顺平没跟他们打招呼，径直从后门出了公司。

顺平战战兢兢地接近 Spicy Gang，这时火野正在将画架上的黑板翻面。看样子今天的盒饭是卖完了。

"昨晚实在是非常抱歉，似乎劳烦两位送我回家了……"

顺平向火野鞠了一躬，火野却笑道："你不用介意。我们本来就要开着这么大一辆露营车回去，送你只是顺便而已。"

"真的非常抱歉。还有，我在想我的手机是不是落在了这……"

顺平话到一半，柳刃从餐车中走了出来。

顺平压抑着紧张的心情，再次低下头，说道："昨……昨晚我喝得太醉了，做了些非常失礼的……"

"手机在我这儿。"柳刃面无表情地说道。

顺平听见松了口气："谢……谢谢。"

"不过你的脸色可真差啊，是宿醉了吗？"

"是。"

"吃过饭了吗？"

"还没……"

"虽然盒饭都卖完了，但店里还有面包跟汤，吃吗？"

顺平觉得拒绝似乎也不太好，便诚惶诚恐地点了点头。顺平

汗流浃背地在路边吃美味的挺举鸡汉堡　　127

本希望柳刃能早点归还自己的手机，但他却转身回到了露营车里。

就在顺平坐在长椅上等待的时候，火野将水壶和纸杯拿了过来。

顺平忘乎所以地喝着沁人心脾的凉水。这时，柳刃把盘子和马克杯端了上来。

马克杯里装的是蜜色的汤，盘子里则放着两片吐司面包。吐司上涂着不知是什么的黑色酱料。

柳刃像平时一样开始抽烟。虽然顺平心中还惦记着手机，但从一大早开始就什么都没吃，他现在才察觉自己的肚子已经在咕咕叫了。

因为宿醉，顺平格外想喝汤。他首先尝了尝马克杯里的东西。

顺平刚尝到味道，就咕嘟咕嘟地连喝了好几口。

汤汁浓而稠，不仅有贝类的鲜味，还有洋葱的甘甜。这杯汤一下肚，就让顺平的胃满血复活，效果之强完全不输之前吃到的汤咖喱。

原本要一口气喝光，但为了要搭配吐司，顺平忍住了。

"那个……请问这是什么汤？"

"蚬子洋葱汤。因为是用现有的食材临时做的，所以用的是浓缩蚬汁，洋葱也只是炒成蜂蜜色的现成的洋葱泥而已。最后撒点粗磨黑胡椒就完成了。"

"蚬汁很缓解宿醉啊。"

"在法国,洋葱汤是宿醉的时候喝的东西。"

"所以两样食材都是能解宿醉的啊。"

"那两片吐司面包也是。"

"啊?这个也是吗?"

顺平觉得有些莫名其妙,但在他咬下漆黑吐司的瞬间,两眼都亮了。

这究竟是涂了什么在上面?咸中带点苦,还有一丝酸味。就算再怎么奉承,这吐司也算不上好吃,但为了让柳刃把自己的手机还回来,顺平不想惹他生气。

顺平连着汤一起把吐司送下肚。

"很……很好吃啊。"

"哈哈哈。"火野笑道,"不用勉强。明明一点都不好吃吧。"

"那个……这上面涂的是……"

"维吉麦。"柳刃答道,"原料是制作啤酒过程中产生的酵母精华。这种酱料在澳大利亚和新西兰很受欢迎,甚至还有以它为主题的歌。听说在他们那里,要是宿醉了,一定会吃涂维吉麦的吐司面包。"

"被你这么一说,我觉得胃里舒服多了,虽然味道是挺奇怪的。"

"喝酒的时候,记得要按着这里喝。"

柳刃把左手掌摆在右侧肋骨下方。

顺平依样画葫芦地照做了。柳刃接着说道："这里是肝脏。用手指揉揉肝脏，就不会发炎，喝醉后不容易难受。"

"我都不知道有这回事，下次我会试试的。"

柳刃轻轻点头，从围裙口袋中取出了手机。

"啊，那是我的手机。"

"我知道。"

顺平突然觉得桌面一暗，一看火野也站在旁边。

就在顺平受这剑拔弩张的气氛影响，感到惶恐不安的时候，火野抱住了顺平的肩膀。

"我们有些事想拜托你。"火野在耳边低语道。

"拜托我？"

"我们想拜托你查查你们社长的动向，比如他今天做了些什么，去了什么地方。把你查得到的事告诉我们就行。"

"啊？"顺平叫道，"为……为什么要我做这种事情？"

"理由你还是别知道的好。"

火野用异于平常的吓人声音说道，遣词用句也十分粗暴。

顺平不敢拒绝他们，但他也没办法打探到社长的动向。就算真的有办法，他也不想做这种事。

"我做不到。我都是快要被裁员的人了，根本没那个能力去查社长的动向。"

"我不是说了,只要告诉我们你能查到的事情就行了。说起来,你这家伙的同事似乎想跟我们一样搞餐车啊。"

突然被叫成"你这家伙",顺平虽然愤愤不平,但还是抑制住内心的怒火问道:"那又怎么样?"

"告诉你同事,说你也想帮忙。"

"可是我对经营餐车根本没兴趣啊。"

"装作有兴趣的样子就行了,这么一来就有借口经常到店里来了。"

"要是我拒绝的话……"

"你要拒绝是你的自由,但我们昨晚可是把你送回公寓了。"

"对不起,我不记得了。"

"是啊,但我们俩对你的公司还有家庭住址可都是一清二楚。"

"等一下,你们到底想干什么?"

火野拿起桌上放在点菜单旁边的圆珠笔,问道:"你知道这是什么吗?"

"是圆珠笔啊。"

"是圆珠笔没错,但它还有这样的功能。"

火野按了一下圆珠笔,不知从何处传来了顺平似曾相识的声音。

"社长的法拉利都买两辆了。他过着那么奢侈的生活,我们却这个样子，太不公平了。"

他意识到这是鱼住的声音，声音并没有停下。

"……再说，他也不必故意把自己平时的奢侈生活用视频寄语跟我们分享啊。谁会对富二代社长的私生活感兴趣啊？"

那毫无疑问是自己的声音，顺平惊得说不出话。火野又按了一下圆珠笔，声音便停止了。顺平突然有种不好的预感，问道："这到底是……"

"圆珠笔型的录音器。这一款还内置了扩音器，算是很高级了。你要是还想听也行，我还录了很多。"

"你把我们的声音录下来想干什么？"

"不想干什么。这录音笔送你了。"

火野这么说着，把录音笔塞进顺平胸前的口袋里。

"不过，刚才的对话内容，我们全都拷贝下来了。至于我们会不会把这段录音发给 Global Eggs 的社长，就要看你怎么回答了。"

要是这对话真让社长听到，自己一定会立马被开除。

究竟该怎么办？一时间顺平大脑一片空白。

"就算上了裁员名单也别想着破罐子破摔。要是你敢擅作主张，背叛我们，我们会想尽办法把你活捉到手的。"

"活捉……"

"你是逃不掉的，自己回去好好想想吧。"

火野拍了拍顺平的肩膀后走开了。

柳刃拿着手机，面无表情地看着顺平。顺平全身僵硬。

"你们果真是黑社会啊。"

柳刃突然走向顺平，顺平带着长椅一起退了好几步。柳刃将握在左手中的手机重重地放在桌上。

"这个还你。"

他的小拇指缺了一节[1]。

八月过后，酷暑愈发逼人。

闷热的空气笼罩在人才支援部的办公室内。冷气之所以这么弱，说不定也是拜人事部的策略所赐。他们想通过这种方法来折磨部员们的精神，消耗部员们的体力。

顺平四人在房间的角落里盯着八十英寸的显示器。

今天视频寄语的内容是甘糟和 Cook Job 社长葛原久的对话。

葛原比甘糟大两岁，今年三十七岁。在他的管理下，创业还不到五年时间的 Cook Job 迅速发展壮大了起来。

葛原皮肤白皙、体态肥硕，跟肤色黝黑、身材苗条的甘糟形成鲜明对比。他剪着齐刘海，看上去略显稚气，但态度却盛气

---

[1] 日本黑社会传统中，失败者会被切去小指以示惩罚。

凌人。

"本公司与 Global Eggs 建立起了紧密的 alliance 关系，我们 commit 将给各位转职者一个满意的答复。但反过来说，如果没办法在本公司 fix 到合适的公司，那就说明当事人的 solution 还不够。"

"对于这点我非常 agree。"甘糟这么说着，用力点了点头。

"本公司也有几名 staff 正在委托 Cook Job 进行 nurturing，我希望他们能发挥自身良好的 synergy，达成 happy 的 engagement。对此我十分期待……"

两人似乎是坐在高级酒店套房的窗户边，隔着一张桌子在聊着天。

毕竟是对谈，甘糟使用外来语的频率降低了；但另一方面，葛原话里的外来语也不少，听得顺平一头雾水。明明人才支援部已经只剩下四个人了，不知道公司还这样逼部员们看视频寄语有什么意义。

尽管觉得荒唐，顺平还是看着屏幕，为了写感想而开始做笔记。

放在桌上的圆珠笔正在对视频寄语进行着录音。那是从火野那里拿到的录音笔，外表看起来跟一般的圆珠笔没什么两样，所以就算是被钵元看到，应该也不会被怀疑。

观看视频寄语的时间一直都是上午，但今天因为钵元早上出去开会，所以变成了下午观看。

因为刚在 Spicy Gang 吃了那不勒斯意面配荷包蛋，顺平稍一晃神，睡意便悄然袭来。顺平每次觉得快要见到周公时便会掐自己的大腿，强迫自己看向屏幕。

自从被柳刃两人威胁以来，已经过去了六天。

尽管他们叫顺平查明甘糟的动向，但自己待在这里，根本没办法调查。他只好在接受各个部门分配的杂活儿时，若无其事地提起甘糟。

然而每次这么做，都只会让其他人觉得莫名其妙，半点情报都得不到。

那之后只要一到午休时间，顺平就得被迫前往 Spicy Gang 用餐，顺带进行报告。因为鱼住和果苗也同行，所以柳刃和火野的态度还是跟以前一样。

不过 Spicy Gang 近日来客流激增，店前总是大排长龙。也有很多人不顾酷暑，跟顺平一行人一样坐在长椅上用餐。昨天店里甚至挤得都进不去。

于是三人非常少见地在路边买了盒饭，一同前往新宿中央公园用餐。

不知道是不是吃惯了 Spicy Gang，偶然吃一次普通盒饭，总让人觉得有些不满足。

不过对顺平来说，因为得知了柳刃与火野的真实身份，现在已经没办法纯粹地享受 Spicy Gang 的菜肴了。今天的那不勒斯意面也是，如果是在什么都不知道的情况下吃到的，味道一定会更好吧。

顺平每次去 Spicy Gang，柳刃和火野都会悄悄询问他是否获得了新的情报。毕竟鱼住和果苗就在边上，没法随便交谈，再说自己什么情报都没得到，顺平只能默默摇头。

就这么过了几天，火野似乎有些等得不耐烦了。

"你之前不是一直抱怨说每周都得看视频寄语吗？去把那个给我录下来。"

前天去吃饭时，火野对顺平如此耳语道。顺平就是因为这个才对视频进行录音，但他怎么都不觉得这种对话会对那两人有用。

说到底，柳刃他们到底有什么目的？

他们是黑社会，所以肯定是打算做些什么坏事。是想恐吓，还是想抢劫？或是和甘糟有什么过节？虽然顺平不喜欢甘糟，但他并不想对犯罪行为视而不见，而且自己要是帮了他们，难免会被当成共犯。

一般人遇到这种情况应该会报警吧。但柳刃他们不仅知道了自己的公司和住址，顺平还有一个把柄在他们手上——自己说甘糟坏话时的录音。要是被甘糟听到，自己一定会被炒鱿鱼。

反正都已经是上了裁员名单的人了，干脆抱着被开除的决心跟公司商量也不失为一种手段。

但火野曾再三强调，要是敢擅自辞职或者背叛他们，就会把顺平活捉到手。对方是黑社会，自己要是真的这么做了，不知道会受到怎样的报复？

为了保障自身安全，顺平只有把工作辞了，销声匿迹这一条路。但要是真的这么做了，就再也没办法过上正常的生活了。

看来眼下只能暂时忍耐，服从柳刃他们的命令了。

本来就离被裁员只有一步之遥，现在又被黑社会威胁，真是太惨了。然而顺平还有一个烦恼——都怪柳刃和火野，顺平不得不装出一副想要经营餐车的样子。但鱼住和果苗不同，他们是打心眼儿里对此兴致勃勃。

"好嘞，三个臭皮匠，赛过诸葛亮。一起加油吧。"

"真锅，你肯加入我们，我真的很开心。"

要是两人只是口头上说说就算了，但他们却真的开始讨论起开业资金的问题了。据鱼住说，跟 Spicy Gang 一样的露营车，二手的要两百万日元，改造费和各类器具要一百五十万日元，运作资金需要三十万日元，合计三百八十万日元。

"只要每个人出一百三十万日元，就足够开业了。"鱼住说道。

当然，顺平没有打算搞餐车，但听他们提到钱的话题，心中还是有些不安。

"二手的应该有更便宜的吧?"

"有是有,但车子破破烂烂的,也招揽不到客人啊。而且如果我们能跟公司索要到加班费的话,改造费就不用发愁了。"

鱼住似乎打算践行柳刃告诉的方法,一有空当儿就在电脑中记录过去公司曾拖欠的加班费。麦岛对此似乎十分担忧。

"你这样做,转职的时候会受影响的。有些公司会联络员工的老东家,问你的离职理由和工作态度什么的。"

"如果是要自主创业,就没关系啦。补贴都没拿到,至少得把加班费要回来。饼田和真锅,你们两个最好也做一下。"

果苗以不想和公司起争执为由拒绝了。

顺平原本也打算这么做,但要回忆起过去的事没那么容易。而且说实话,顺平其实也不想和公司起纠纷,因此记录的进展十分缓慢。

屏幕中,两人的谈话终于接近了尾声。甘糟和葛原握了握手,说道:"我下次会 invite 你到我的游艇上去,关于这点日后有机会再慢慢进行 assessment。那么,今天的对话就……"

视频结束后,顺平按下圆珠笔,停止了录音。他从没想到自己有一天会迫不得已地做这种像间谍一样的事。

大家坐在办公桌前写着感想时,钵元一边在周围巡视,一边说道:"虽然有些突然,不过明天将进行一次个人面谈。这次面谈有很重要的话要对各位说,关系到各位的将来,请务必参加。"

哪一次的面谈不是突然的?顺平内心不满道,同时也思考着重要的话究竟是什么。

是要被外派到"低卡路亭",还是终于要被宣告开除了?无论如何,顺平总觉得会被强迫进行令人绝望的两难抉择,愈发郁闷了起来。

那天夜里,工作结束后,顺平独自去了 Spicy Gang。

因为有一对看起来像是大学生情侣的客人在,所以顺平没有在长椅上坐下,而是直接把存有录音文件的 USB 盘交给了火野。火野收下 USB 盘,问道:"如何?有什么有用的情报吗?"

"毫无进展,没什么有用的。"

在顺平打算就这么回家时,火野朝露营车的方向抬了抬下巴。

"大哥……不对,店长有话跟你说。"

顺平不情不愿地朝露营车里看了看。柳刃背对着他正在做菜。除了烤肉的香气外,还有一股香料的气味,搞得顺平鼻子痒痒的。

顺平找不到搭话的时机,呆站在原地。这时,火野过来取菜了。火野端走的盘子里装着汉堡一样的东西。

顺平很喜欢吃汉堡,唾液顿时涌上来。从香料的气味来判断,

汗流浃背地在路边吃美味的挺举鸡汉堡　　139

那应该不是普通的汉堡。

今晚也是闷热无比,顺平光站着就汗流浃背了。据网上的新闻说,东京的气温即使是在夜间也达到了将近三十摄氏度。

突然,柳刃从露营车中走出,把一样用纸包住的东西塞给了顺平。纸里装着的是跟刚才一样的汉堡,还冒着热气。

柳刃也没叫顺平吃,就这么一言不发地转过了身。但顺平看见蓬松的面包中夹着厚实的鸡肉,还是按捺不住了。

就在顺平把汉堡送向嘴边时,柳刃头也不回地开口道:"都不说'我开动了[1]'吗?"

顺平吓了一跳,连忙说了句"我开动了"。

他明明背对着自己,为什么能察觉这边的动作?他又为什么要让人说"我开动了"?尽管顺平心中存有种种疑问,但就算问了,柳刃大概也不会回答吧。

在顺平终于咬上汉堡的瞬间,热腾腾的肉汁咻的一声在口中散开。香料的味道和香气完全渗透进了鸡肉里,每一口都充满层次感。

面包中夹着的除了肉之外,还有生菜、番茄、洋葱片和奶酪。酱料似乎是番茄酱,但其中还有一丝麻辣,进一步突显了肉和蔬

---

1 我开动了:日本人有在用餐前说"我开动了",用餐后说"我吃饱了"的习惯。

菜的味道。

就在顺平忘却了对柳刃两人的怨恨而大快朵颐的时候,火野把一罐惠比寿啤酒递给了他。因为每次喝啤酒都会有玻璃杯,所以顺平收下啤酒,问道:"那个……玻璃杯呢?"

"别奢侈了,就这么喝。这些你都不用付钱。"

"为什么?"

"因为你在帮我们的忙啊,这就算是给你的酬劳的替代品了。"

顺平一点都不想要什么酬劳的替代品,但他也没有勇气拒绝。顺平没有办法,只好站着喝酒,咬着汉堡。

他向从露营车中走出来的柳刃询问这是什么汉堡。

"挺举鸡汉堡。"

"挺举鸡?"

"是牙买加的名菜,听说奥巴马总统非常喜欢吃。"

"喔……我从没听说过。这个鸡肉里的调味料是什么?"

"把鸡腿肉用多香果、肉豆蔻、辣椒粉、青柠汁、蒜蓉和姜蓉、黑胡椒进行腌制后,用平底锅煎熟。调味只需要加盐,油用的是橄榄油。正宗的挺举鸡多是在小摊上贩卖的,所以似乎是用炭火和烤架烤制的。"

"这个酱还挺辣的,应该不是普通的番茄酱吧?"

"我把加了哈瓦那辣椒的辣椒酱加在了番茄酱里。因为要做牙买加菜，所以我用了这种Grace牌的牙买加辣酱。"

"您是从哪里学到牙买加菜的做法的啊？"

"别管了，你就吃吧。"柳刃这么说着，点起了烟。

明明正在被这个男人威胁着，顺平却受到挺举鸡汉堡的诱惑，一不留神就失去了紧张感，用以前的口吻跟他聊起了天。

顺平把挺举鸡汉堡吃了个精光，喝完啤酒，向柳刃搭话道："刚才火野先生说你有话要对我说……"

"裁员的情况如何？"

"还是老样子。前几天有几个同事常驻到了Cook Job——一间转职介绍所，现在部门里只剩下四个人了。"

"正中公司的下怀啊。现在人数变得这么少，公司会对你们进一步施压的。"

"嗯。明天有一场个人面谈，应该也是为了施压吧？"

"记得存下言证。"

"要我在个人面谈录音吗？"

"对，火野不是给了你一支录音笔吗？我要说的就是这些。"

顺平点点头，转身打算离开。但一想到这种状况不知道还要持续多久，心情一下子就低落了。

"那个……"顺平停下脚步说道，"我得帮你们到什么时候，你们才肯放过我？"

柳刃吐了口烟："在我们得到需要的情报之后。"

"那可不知道要等到什么时候啊！"

"别担心。只要你不背叛我们，我们就会保证你的人身安全。"

"至少告诉我你们的目的是什么……"

"我不能告诉你我们的目的，但我会给你另外两个选择。如果你能回到你原先的部门，或者能以公司解雇的形式离职，我就还你自由。"

"我不可能回到原来的部门了。"

"那就只能努力争取拿到公司的解雇信了。"

"我觉得那也不是很现实，公司现在就等着我们自己提出辞职呢。"

"如果是自发辞职，失业保险金要三个月后才能下来。如果是公司解雇的情况，那么不仅可以马上拿到钱，而且金额也比自发辞职多。"

"可是，我还没决定要辞职……"

顺平刚说到一半，突然看到小巷远处亮起了车头灯，向这边逼近。

过了没多久，一辆奔驰和一辆丰田皇冠停在了 Spicy Gang 前。两辆车的车身漆黑，车窗上都贴着隐私膜，看不见里面。

异样的气氛让顺平屏住了呼吸。这时，车门打开，身穿黑西装的男人一个接一个地从车上走下来,一共下来了八个人。

坐在长椅上的情侣慌慌张张地结完账离开了。

男人们气势汹汹地朝这边走来。

火野脱掉围裙,摆好架势。

柳刃把烟头扔进烟灰缸里,眼睛直勾勾地盯着男人们,对顺平说:"你回去吧。"

话虽如此,顺平却感到双腿沉重,一步也挪不动。恐惧使得他的小腹发凉。

一个理着短寸头、身材像摔跤运动员的男人走上前来。

"你们几个在这里做生意,打过招呼了吗?"他用沙哑的声音说道。

柳刃站在男人面前挡住了他:"你们是谁的人?"

"这不是你们该管的事,赶快把店关了给我滚,一会儿受伤可别怪我没提醒你。"

"会受伤的是哪边还说不定。"

"你这混蛋说什么?!"

理着短寸头的男人发出骇人的怒吼,朝身后的男人们抬了抬下巴。

在七个男人一齐朝这边扑过来的瞬间,顺平终于回过了神。

他同时意识到自己的双腿终于可以动弹了。

顺平一溜烟儿地跑开了。身后传来骇人的怒吼，还有拳头打在肉上的低沉响声，但顺平因为过于害怕，没敢回头。

第六章

超廉价美食：蒜香黑炒饭

第二天早晨，顺平十分罕见地在闹钟响起之前就醒了。

顺平从被窝里爬出来，打开电视。尽管现在才六点五十分，顺平感到严重的睡眠不足，而且距离上班还有很长一段时间，但他想早点看新闻。

昨晚顺平一直担心着柳刃二人，到了很晚才睡着。

回家之后，半夜顺平上网搜了搜，却没有查到任何相关结果，不知道是不是还没报道出来。

不管柳刃他们是何方神圣，同时对付那么多人，绝对不可能赢。Spicy Gang 多半是被砸烂了，但顺平想知道的是他们两人是否安全。

柳刃他们威胁了自己，自己根本没必要在乎他们的安全。他们多半是因为擅自在黑帮的领地里做生意，才被卷进麻烦事里的。

尽管觉得他们是自作自受，但再怎么说也是熟人，要是他们有个三长两短，顺平心里也不会好受。他在脑海中试着想象了最糟糕的情况，顿时背脊发凉。

话虽如此，这么一来自己就不会再被柳刃威胁了。同时，也不需要在鱼住和果苗面前装出想要经营餐车的样子了。

这两件事得到解决，让顺平终于松了一口气。但奇怪的是，他并没有感到太高兴。

顺平洗完脸，正在刷牙的时候，七点的新闻开始了。他嘴里含着牙刷，看着电视画面看得入神。但除了得知今天也是一如既往的高温之外，并没有什么值得在意的新闻。

事情闹得那么大，为什么没被报道出来？

或者是事态进展到了过于严重的地步，导致报道被封锁了？

为了早一步了解事态，顺平提早出了公寓。

他在新宿站下车后，穿梭在通勤的人群中，快步赶往公司。

顺平汗流浃背，并不只是因为高温。他脑海中浮现出了聚集着大批警察，周围贴满"禁止入内"胶带的案发现场。

到达 Global Eggs 的大楼后，顺平忐忑不安地绕到后门。

顺平顿时惊得眼睛直眨巴，黄色的露营车像是什么事都没发生过似的停在老地方。

但这不代表柳刃他们也平安无事。顺平一边想着他们是不是被黑道抓走了，一边靠近露营车。这时，不知从哪里溅过来的水花打湿了顺平的西装。

"呜啊!"顺平一脚踩空,不禁叫了出声。

他朝水溅过来的方向看去,发现火野手持蓝色水管站着。水管中流出的水在朝阳下发出银色的光芒。

"早上好。你来得太早了,饭菜还没准备好。"

火野笑着,开始朝路上洒水。顺平大惊失色。

"昨……昨晚你们没事吗?"

"昨晚?"火野歪了歪头,"昨晚发生什么事了吗?"

"当然有啊,不是来了一大群黑社会……"

"啊,你说那个啊。那群小混混儿,你不说我都忘了。"

昨晚那群男人,再怎么看都是黑社会里骨干级别的人物,绝对不可能只是一般的小混混儿。不知道他们是怎么把那群人赶走的,火野的脸上一点伤都没有。

"柳刃先生……不,店长呢?"

"在做准备。"

火野朝身后的方向抬了抬下巴。

露营车里可以看见柳刃的背影。就在顺平提心吊胆地想要靠近时,火野开口了:"你最好别跟他搭话,他在做准备的时候很容易发火。"

"那……那就是说他没事了?"

火野洒着水,用鼻子哼了一声。

"他怎么会有事,昨晚我连动手的机会都没有呢。"

"动手……那群黑社会最后怎么样了？"

"谁知道呢？现在大概在医院里睡大觉吧。"

顺平顿时寒毛倒立，转身离开。

顺平不知道柳刃究竟干了什么，但他居然凭一己之力就把八个黑社会送进了医院，想想就让人不寒而栗。顺平心想，幸好自己没有做傻事背叛他。

不过这么一来，顺平离自由又远了一步。

他带着复杂的心情从后门进了公司。

那天从一大早开始，顺平就十分忙碌。

分配到手的是把以前的客户信息用碎纸机粉碎这种麻烦的杂活儿，顺平整个早上都手忙脚乱的。

中午去了 Spicy Gang，长椅又被其他客人先占领了。还没等到客人离席，盒饭就卖光了。不过，这些都是小事，重点是柳刃他们居然若无其事地照常做着生意。这点让顺平百思不得其解。

"今天的盒饭是什么？"

果苗一脸遗憾地问火野。

"是猪肉盖饭喔。在烤得焦香的黑猪五花肉上淋上蒲烧酱汁[1]，

---

[1] 蒲烧酱汁：一般由甜料酒、酱油、白砂糖、清酒等制成。

再撒上一大把的花椒。配菜是日式鸡蛋卷和红姜[1]。"

"哇——"鱼住皱着眉头叫道,"可恶,现在已经没时间了,但又不想随便找家店凑合着吃。中午就先忍着,到晚上再大吃一顿吧。"

果苗也赞成鱼住的意见,于是顺平也跟着他们一起空着肚子回公司了。因为明天是周末,所以顺平觉得就按鱼住说的,午饭忍着,晚上再下血本好好吃一顿。

下午进行了个人面谈。

这次公司也在大家进入大会议室前进行了搜身。站在门前的男人们虽然拿走了顺平刻意放在口袋里的手机,却没有对录音笔产生怀疑。

个人面谈正式开始。顺平坐定在巨大的桌子前,装出要记笔记的样子,按了一下圆珠笔的按钮。

"人才支援部只剩下四个人了,实在是非常遗憾。区区四个人却要用那么大一间办公室,实在是太不划算了。"面谈才刚开始,钵元就开门见山地说道。

那间房间虽然很大,但原先只是个仓库,实在没办法称之为办公室。钵元竟然能把这事说成是在浪费经费,顺平实在没想到。

---

1 红姜:日本的一种腌菜,把姜用梅子醋腌渍而成。

"因此，现在的办公室在盂兰盆节[1]假期之后就无法使用了。请在那之前整理好自己的私人物品。"

又要让人搬地方吗？顺平感到莫名其妙，但还是问道："那之后会转移到哪个房间去？"

"盂兰盆节假期之后，人才支援部就没有办公室了。"

"啊？"

"打卡请到人事部。在最终安排下来之前，请根据当天分配的任务，分别到各个部门进行工作。"

"每个人都到不同的部门进行工作吗？"

"对。毕竟没什么工作是需要四个人合作的。"

顺平他们四人原本在公司里就已经抬不起头见人了，现在居然得跑到各个部门的角落里干杂活儿，这样的侮辱实在令人难以忍受。当然，这也正是公司的目的，想以此逼四人辞职。

证据就是江组和酢崎不再像之前那样对员工进行捧杀，而是绕着弯子，用冷漠的口吻逼员工辞职。

"一路过来，我们应该是给足了你思考时间的。真锅，怎么样？你对现在的工作内容满意吗？"海藻头的酢崎问道。

顺平回答说，现在的工作都是重复性劳动，他并不满意。

---

[1] 盂兰盆节：农历七月十五日，即中元节。日本人在盂兰盆节会有为期一个礼拜左右的假期。

"我想也是。我觉得你要是一直待在现在这个部门,一定会觉得自己的工作很没意义。这种情况要是再继续下去,不仅对你不好,对公司也不好,是不是该下定决心换个环境了呢?"

"意思就是要我辞职,对吗?"

"不是,我只是想知道真锅你是怎么想的。"

"如果真这么希望我辞职的话,就请直说。"

"喂,等等。"莫西干发型的江组插了话,"为什么要这样随便下定论呢?"

"随便下定论的是公司吧?把我们逼得除了辞职外无路可走……"

"你看,这就叫随便下定论。应该说是你太死心眼儿了吧。这样的想法会抹杀自己未来的可能性,为什么你就不懂呢?"

差点儿就要拿到公司逼迫员工辞职的言证了,但江组也好,酢崎也罢,都在关键的地方打马虎眼。顺平破罐子破摔地问道:

"那你们说我该怎么办才好?"

"这不是公司能决定的,重要的是你自己的想法。"

"我的想法一直很明确,请把我调回市场营销部。"

"那是不可能的。不光是市场营销部,其他部门也没有愿意接收你的。"

"你这才是在随便下定论吧?"

"这不是下定论,这是公司决定。"

"公司的决定？这是怎么回事？不是说只要有愿意接收我的部门，我就可以调动过去吗？人才支援部不就是为了这个目的才……"

"那个时期早就结束了。"

"我可从没听说过这种事，为什么要擅自做出这种决定？"

"公司的方针由高层决定，没空一一向普通员工征求同意。"

"那就随便你们怎么做吧，只不过，我是绝对不会辞职的。"

"自暴自弃可不好啊。你要是抱着这种态度，是没办法跟其他同事一起工作的。"

"你的意思就是要我辞职了？"

"我什么时候这么说了？你太过意气用事了。看起来平时积攒了不少压力，需要一些心理上的帮助啊。"

"说得没错。"酢崎回应道，"最好到合适的医疗机构让医生看看。我会向跟公司有合作关系的医院写一份介绍信，你要不要去看看……"

顺平对他们的说辞感到难以置信，拒绝了他们的提议。酢崎和江组一脸轻蔑地结束了谈话。

个人面谈结束后，人才支援部的四人就今后的事情进行了讨论。

盂兰盆节假期在下周。假期结束后，这个办公室就无法使用了。在脑海中想象着独自到其他部门干杂活儿的景象，顺平没有自信能忍受那种生活。

就算真的忍了下来，等待着自己的也是外派。

不管是"低卡路亭"还是其他公司，要是未来有发展的可能性，那倒还好。

但是看总公司这个样子，去了子公司后被裁员的可能性也不小。要是等上了岁数才被公司开除，那得比现在还惨不知道多少倍。

大家的想法似乎也和顺平一致，麦岛称打算辞职。

"让我们自己去干杂活儿，真的是太乱来了。这种事情谁忍得了？"

"我也是，已经到极限了。"

"虽然我也想再留在公司一段时间，但我可不想一个人干杂活儿，看来还是早点辞职比较好。"

果苗和鱼住也在辞职一事上达成了共识。

"真锅，你怎么打算？该不会打算留下吧？"

"辞是肯定要辞的……"

现在辞职了多半也找不到新工作，而且要是擅自行动，不知道柳刃他们会如何报复自己。要同时解决这两个难题只有一个办法：让公司主动解雇自己，然后开始经营餐车。

尽管顺平半点信心都没有，但他终于下定决心要创业了。

"看来只能做餐车了啊,是时候开始认真进行开业准备了。"

听顺平这么说,鱼住一脸诧异地说道:"你刚才这话说的,简直像是你之前都没有认真打算搞餐车一样啊?"

"不,不是这样的,是因为终于无路可走了。不过问题在于什么时候辞职。"

"要是待到盂兰盆节后可就要遭罪了。还是趁现在写好辞呈,把剩下的带薪假期用掉比较好。"

"可是我不想主动辞职。如果是以公司解雇的形式离职,我倒是可以接受。"

"我也是,最好是公司解雇的形式。"果苗说道。

"说得对啊。"鱼住说道,"反正不管怎样都要辞职,还是让公司来开除我们吧。"

"我明白你们三个的心情,但那几乎是不可能的。公司就是希望我们主动辞职,才把我们分配到这种部门来的。"

"应该还有交涉的空间吧,毕竟公司也巴不得让我们快点离职呢。"顺平说道。

"这倒是没错……"麦岛不安地嘀咕道。

那天下午,四个人都准时在五点半的下班时间出了公司。

一方面是因为杂活儿都早早就处理完了;另一方面是因为大家已经决定辞职,就不想再给公司无偿加班了。顺平已经好几年没有准时下班了。加上明天还是假日,所以即便在这样水深火热的状况中,顺平的心情依旧雀跃无比。

"我都好几十年没有准时下班了。"麦岛这么说着,一个人回家了。

顺平本想就录音笔录下的内容询问柳刃,但他一说要去 Spicy Gang,果苗和鱼住也跟来了。

两人说是想跟柳刃讨教开餐车的心得。真是的,这两人不知道柳刃的真实身份,可真是轻松啊。要是知道了昨晚发生的事,他们两个大概会吓得下巴都要掉在地上吧。

三人坐上 Spicy Gang 的长椅,点了啤酒。

外头天还很亮,在这种时间喝酒,总觉得有点奢侈。

火野把罐装惠比寿啤酒和玻璃杯端上了桌。

"大家看起来都一脸的疲惫啊,要吃点什么吗?"

"想吃点口味比较重的东西啊。大家都有些夏乏,提不起劲,最好能来点让人一下子变得活力十足的东西……"鱼住说道。

"气味重的东西也可以吗?"

"嗯,明天我们放假。"

火野点了点头离开了。

因为中午什么都没吃,冰凉的啤酒让胃一阵刺痛。

过了大约十分钟,火野端上来了一个深盘和三支叉勺。深盘中是包裹着白色酱汁的尖管通心粉。顺平用勺子舀了一下,发现酱汁浓稠无比,上面布满了青色和黑色的颗粒。

顺平把通心粉装在小碗里尝了一口。尖管通心粉软糯弹牙,浓厚的奶酪和鲜奶油的味道在口中扩散开来。顺平吃出了奶酪是戈尔根朱勒干酪,但其中还有另外一种不是来自干酪的咸味,以及让人回味无穷的鲜味。

果苗黑框眼镜下的双眼亮了起来:"好吃。我平时就很喜欢吃戈尔根朱勒意面,今天这道用的是尖管通心粉,一口一个,太适合下酒了。"

"味道很浓郁,非常好吃。不过,口味不算特别重啊。"鱼住说道。

这时,火野把一个装着三个小碗的托盘放在桌上,说道:"别担心,重口味的现在才要开始上呢。"

顺平看向小碗,里面装着颜色淡粉、光泽诱人的肉片,跟蒜蓉、葱花、姜蓉以及像辣椒粉一样的东西拌在了一起。不知道是什么肉,但从外观来看,像是切成小片的牛羊内脏或牛草肚之类的东西。

顺平用汤勺轻轻搅拌几下,把肉片往嘴里送。

"好吃!不过好辣!"顺平不禁叫出了声。

肉片口感爽脆,味道清淡。蒜蓉是生的,气味和辣度都十分强烈。葱味、姜味，还有鲜明的辣椒味。此外，芝麻油也为整道菜增添了香味。菜本身的调味好像只用了盐，但刚吃了一口就感觉活力不断涌现出来。

"好吃吧？不过吃了这个，今晚就没办法跟别人接吻咯。"火野看向这边说道。

"不过，"果苗说道，"如果接吻的对象也是吃了这个的人，就没问题了吧？"

"那就是名副其实的'臭味相投'了。"鱼住笑道。

顺平也被鱼住的笑声感染，笑了出来。这时，他忽然跟果苗对上了眼。虽然她好像又在放空，不过顺平不知怎的，有些紧张，慌忙移开了视线。

为了缓和生蒜的刺激，三人咕嘟咕嘟地喝着酒。这时，柳刃从露营车中走了出来，开始吸烟。

果苗像是恭候多时似的拿出笔和记事本，向柳刃询问起了做法。

"一开始上的那道是戈尔根朱勒尖管通心粉。尖管通心粉用的是意大利产的得科牌，便宜又好吃。在煮通心粉的时候，拿另一个平底锅融化黄油，把盐渍墨鱼放下去炒。"

"盐渍墨鱼？"

"因为黄油和戈尔根朱勒干酪本身就有咸味，所以只要放一点点就行。接着加入鲜奶油煮一会儿，最后只要把煮好的尖管通心粉下锅拌匀就行。上桌前我还撒了点粗磨黑胡椒。"

"这个独特的鲜味原来是来自盐渍墨鱼啊。"顺平说道,他顺带问了句小碗中装的肉片是什么。

"猪胞宫。"

"你说的胞宫是……"

顺平意识到有女性在场,噤了声。但果苗却一脸平静地说道:"就是子宫吧。"

柳刃轻咳几声,吐了口烟:"把汆过的猪子宫过冷水,切成小片,加入一大把蒜蓉和葱花,少许姜蓉,再加入盐和芝麻油搅拌均匀后进行腌制。最后稍微撒点特立尼达蝎子辣椒粉就可以上桌了。"

"特立尼达蝎子,是之前提到的非常辣的辣椒,对吧?"

"辣度是世界第二,不过因为香味突出,所以跟生鲜很搭。如果不能吃辣的话,用普通的辣椒粉就行。调味不用盐,用酱油也很好吃。"

"您是怎么想出这么一道菜的?"果苗一边记着笔记一边问道。

"这些菜并不完全是我原创的。尖管通心粉借鉴了银座一家啤酒屋的做法,猪胞宫则是以麻布十番一家中餐店的菜品为基础改造的。"

"这种创意很重要啊,我们的店也得好好努力了。"鱼住说道。

前来收空杯的火野不解地歪着脑袋:"'我们的店'?各位要合

超廉价美食:蒜香黑炒饭　　161

作开店吗?"

"嗯,我们几个已经决定要辞职了,所以接下来打算做像你们这样的餐车生意。"果苗说道。

柳刃似乎对"辞职"一词有了反应,朝顺平的方向瞄了一眼。

顺平急忙解释道:"虽说要辞职,但前提是要跟公司交涉,争取以公司解雇的形式离职。要辞也是那之后的事了。"

"不过麦岛叔也说了,应该没那么容易啊。"鱼住说道。

"到底是为什么呢?"果苗说道,"反正公司的目的就是要让我们辞职,那他们主动开除跟我们自发辞职又有什么区别呢?"

"如果是公司方开除员工,不仅企业形象会变差,对国家发放的补贴也会有影响,而且员工还有可能以不正当解雇为由提起诉讼。"

听了柳刃的话,果苗问道:"要怎样才能拿到补贴?"

"由厚生劳动省[1]负责发放的补贴分很多种类,有试用期补贴、延迟退休补贴、外派员工的正规雇佣补贴、员工能力培养补贴等。而以企业为对象的补贴,虽然有些是由地方政府或民间基金发放的,但在由厚生劳动省及其相关团体发放的情况下,企业可以不用偿还这笔钱。"

"也就是说可以白拿了?"

---

1 厚生劳动省:日本特有的负责医疗、劳动政策、社会保险、公积金等业务的中央政府机构。

"对。最近增加的一种是转职支援补贴。只要公司把离职员工安排到再就业介绍所，就能拿到十万元。如果离职员工未满四十五岁，并且在半年内无法找到新的工作，最多可以获得六十万元的补贴。"

"啊！"顺平惊呼，"那不就是 Cook Job 吗？！"

"可是那不是一家转职介绍所吗？"果苗问道。

顺平摇了摇头："钵元科长说过，Cook Job 同时也是一家再就业介绍所。"

"如果是转职介绍所，普通的求职者也可以进行登记注册。而再就业介绍所则是接受公司委托，并为员工安排新工作的公司。"柳刃说道。

"太可恶了……"鱼住说道，"所以公司才想让我们去 Cook Job 常驻啊。话说回来，公司炒了员工鱿鱼，居然还能白拿六十万，真是让人难以接受。"

"既然是国家发放的，那拿钱的不应该是被开除的员工才对吗？"顺平这么问道。

柳刃说道："离职者向再就业介绍所寻求帮助时是不用花钱的，所以说员工也并不吃亏。简单来说，政府出台这个政策的目的是减轻公司裁员的负担，但似乎也有不少公司在恶意利用这个政策的漏洞。"

"今天的个人面谈上,我讲得有些激动了,他们就说我需要心理帮助,让我去医院。"

"很危险啊,公司跟医生可能勾结在一起了。现实中也确实存在公司和医生合谋,将员工诊断为重度精神病,进而逼其辞职的案例。更过分的公司甚至会让员工强制入院,再对其进行合法的解雇。要是走到那一步的话,恐怕连转职都转不成了吧。"

顺平想象着自己被当成精神病患者的情境,不禁冒了一身冷汗。

"实在是太可恶了。就算员工真的得了精神病,也肯定是被公司逼出来的。"

"绝对不能轻饶公司。"鱼住说道,"既然如此,我们一定要让公司主动解雇我们,还得把公司没付的加班费都讨回来,然后合力把餐车生意做好。"

柳刃把烟头丢进烟灰缸里:"你们公司的盂兰盆节假期什么时候开始?"

"下礼拜,只放三天假而已。"顺平答道。

"盂兰盆节我们店也放假,想不想用这辆车练习一天试试?"

"真的可以吗?!"

"啊,太棒了!"

顺平和果苗同时喊了出来。

"菜单和价格也全部交给你们决定。不过,不准卖酒和饮料,只能卖吃的。"

"明白了。"

"假期的第一天来这里试着做几个菜,当成练习。第二天就正式营业,在那之前记得采购食材。"

顺平刚决定要认真经营餐车,柳刃就给出了这么一个提案,顺平十分高兴。尽管考虑到柳刃的来历,似乎不应该跟他牵扯太深,但反正也没办法反抗他,不如把能占的便宜都占了。

不过,本该是跃跃欲试的鱼住却一脸的难色。

"很感谢你愿意把车借给我们,但盂兰盆节期间,办公区肯定没什么人。就算开店,也不一定会有客人来啊。"

"对哦,这一带在盂兰盆节和正月期间都空荡荡的。"

"这不是挺好的吗?反正是练习。"

听果苗这么说,柳刃说道:"我没说让你们在这里营业。地点由我决定。可能会在外面过夜,记得做好准备。"

"可以告诉我地点在哪里吗?我想先预约住宿的地方。"

"又不是去观光旅游,不要乱花钱。这辆车我们会开过去,你们就开别的车过来,晚上在车里睡就好了。"

果苗点了点头。

"嗯……盂兰盆节假期是……"鱼住掰着手指,"六天后。不知道就这么几天能不能准备好啊……"他有些不安地嘀咕道。

柳刃对此嗤之以鼻："还没开始就灰心，这样是不会有前途的，要不还是当我没说吧。"

"别这么说啊……我们没问题的，请让我们试试吧！"果苗大声说道。

顺平也急忙说道："机会难得，还是试试吧。对吧，鱼住？"

"说得没错啊，那就试试吧！"

"店长，麻烦你了。"

果苗这么说着，低下了头。顺平和鱼住也怯生生地向柳刃鞠了一躬。

柳刃点点头，回到了餐车里。过了一会儿，他将一个大盘子端上了桌。盘中满满当当地装着颜色漆黑的炒饭，堆得像座小山。

黑色的炒饭，顺平在电视上看过好几次了，但还一次都没吃过。他一边好奇着会是什么味道，一边将勺子往嘴里送。

热腾腾的饭粒入口的瞬间，强烈的蒜味再次袭来。饭粒中夹杂着油脂肥美的猪肉和爽脆的大葱。酱油的焦香将炒饭整体包裹在一起，好吃得让人上瘾。

"刚才的猪胞宫确实很厉害，不过这道炒饭的口味也很重呢。"顺平朝从车上下来的柳刃说道。

"你们不是说想吃口味重的东西吗？"

"嗯，吃了这些大蒜，感觉身体舒畅了不少，回家时在电车上多半会招人讨厌就是了。"

"这个炒饭是加了什么才变这么黑的？"果苗问道。

"酱油。"柳刃答道，"是一种叫'老抽王'的中国酱油。虽然这种酱油颜色深，一人份的炒饭里放一大勺就可以炒成黑色，但味道却比较淡，不齁人。在出锅前沿锅边把老抽倒进去，这样就能炒出酱油的焦香味。"

"炒饭就按一般的做法炒吗？"

"先用平底锅炒蒜片，没有猪油，用色拉油也行。炒熟后从平底锅里盛出，放到别的碗里。之后把猪五花剁成末，加入葱花和米饭一起下锅炒。全程用高火。调味用盐，或者可以用一种叫'味霸'的中式浓缩高汤料。"

"虽然从没买过，不过在超市倒是常看到味霸呢。"

"最近味霸的生产厂家内部分裂，市面上多了种叫创味上汤DELUXE的商品，两种随意选一种用就行了。调过味后，把刚才盛出的大蒜放回炒饭中继续炒。在这个过程中撒点胡椒粉，最后再倒入老抽就行了。"

据柳刃说，中国的老抽在网上用三百日元左右的价格就能买到。材料除此之外只需要猪五花、大蒜、大葱和米饭，成本非常低。

三人在客人陆续到来的时候离开了 Spicy Gang。

超廉价美食：蒜香黑炒饭

太阳终于下山了，四周变得昏暗起来。微醺的三人走在小巷里，聊到开餐车时要做些什么菜。

"周末大家各自回家考虑方案，周一在公司讨论吧。"果苗如此建议道，顺平对此表示赞成。

"选什么菜好呢……因为只做一天，所以数量不用太多吧。"

"那就选章鱼小丸子或者炒面就行了吧。"鱼住说道。

顺平苦笑着，说道："那些是庙会的小摊上卖的东西吧，还是选更特别一点的菜色比较好。"

"我也同意，虽然还要看是在哪里卖……"

"不过，都走到这一步了，也差不多该准备一下买露营车的钱了啊。"听鱼住这么说，果苗问道，"要在什么时候之前准备好？"

"我已经跟叔叔开的那家二手车行商量好了，说是在找到停车场之前，可以让我们把车停在车行里。所以我们只要有钱，随时都能买。"

"那真是太好了。"

"下次我把车的照片带给你们看看，钱只要签合同的时候再带过去就行了。"

三人一边聊着天，一边穿过 Global Eggs 的后门。

因为时间还没到九点，所以正门还开着。要到新宿站，比起绕路，还是直接穿过公司比较快。

三人通过警卫室,路过正门大厅的时候,听见了耳熟的声音。

"你可别把他们压得喘不过气了。"

三人循声看去,只见麦岛和钵元站在柱子的阴影中。

"这样下去事情会变得很棘手的,到底要怎么办啊?"

不知为何,麦岛似乎正在向钵元抱怨些什么,钵元则一脸凝重地附和着他的话。虽然对他们交谈的内容很好奇,但要是偷听又觉得有点内疚。

三人趁麦岛和钵元还没注意到这边,急忙出了大楼。

"麦岛叔没回去啊。"顺平嘀咕道。

果苗歪了歪头:"他是在跟钵元科长说话吧!"

"是因为不想辞职,所以纠缠着他吗?"

"或者是想抢在我们之前跟公司索取加班费?"鱼住说道。

"不会吧?"果苗说道,"那不可能。他很早就表现出一副想辞职的样子了。"

"唉,随便吧。反正最后大家都是要辞职的。"

就算麦岛真的是在交涉离职的条件,考虑到他已经年过五十,也很难狠下心来责备他。

三人约定在周一前想好菜单后,就在新宿站分开了。

第七章

轻松上手的日式美食:
令人眼花缭乱的鲍鱼盖浇麦子饭

周一早上，顺平异乎寻常地带着愉快的心情出门了。

天气一如既往地炎热，通勤依然十分痛苦。但因为下定决心要辞职，顺平的心境也从容了不少。虽然一想到父母和大哥的反应，顺平就心烦，但他并不打算在辞掉工作后就这么一蹶不振下去。一定要成功创业，争口气给他们瞧瞧。

周末假期里，顺平一直在考虑着餐车的菜单。盂兰盆节假期跟平时不同，那种能边走边吃的东西才会卖得好。

因此，顺平筛选出了一些方便打包且价格低廉的菜品。

汉堡、咖喱、烤鸡肉串、杂粮煎饼、烤墨鱼、烤玉米、炸鸡块、薯条、比萨、墨西哥卷饼、法兰克福香肠、玉米热狗、炸鱼薯条、煎饺、关东煮、饭团、刨冰、可丽饼。

顺平也思考过在鱼住提出时被自己否决掉的章鱼小丸子和炒面合不合适。然而若是都卖这种小摊上常见的菜品的话，就没有特色了。虽然只要味道够好，菜色普通也没关系，但顺平实在没有把握他们三个人能把东西做得那么好吃。

有什么东西是制作起来简单，味道又好的呢？

之前在 Spicy Gang 吃过的菜肴中，辣豆酱和挺举鸡汉堡似乎挺符合这次的条件。辣豆酱制作起来非常简单，而汉堡只需要在外面包层纸就可以打包带走。

不过辣豆酱打包外带并不方便，挺举鸡如果想要大量制作的话，想必也很困难。在两者间犹豫不决时，顺平灵光一闪想到了个点子：辣豆酱汉堡。

顺平决定立刻试做看看。于是在周六傍晚，他前往吉祥寺站前的超市，采购了圆面包、肉和蔬菜等食材。

顺平选择了鸡肉、牛肉、猪肉三种不同的肉糜，配菜则打算用西红柿、生菜和洋葱丝。不凑巧的是，超市没有红腰豆。顺平想起柳刃说过，如果这道菜不加红腰豆，就成了墨西哥卷饼。

于是顺平临时将菜色变更为墨西哥卷饼汉堡。在顺平开始回想柳刃教过的墨西哥卷饼的做法时，正好发现超市销售已经调配好的墨西哥卷饼调料包，于是就决定用其作为香料。

顺平参考着网上的文章，把鸡肉、牛肉、猪肉的肉糜分别和墨西哥卷饼调料混合后下锅炒了炒，在尝过味道后，发现三样都很好吃。在犹豫了一会儿后，考虑到价格最便宜的是猪肉，顺平便决定使用猪肉糜。

顺平将混合了墨西哥卷饼调料的猪肉糜做成肉饼，用平底锅煎熟。接着将肉饼和其他蔬菜一起夹在圆面包中，淋上番茄酱。

顺平尝了尝自制汉堡的味道，顺便将其当作了今天的晚餐。

"行得通，这个超好吃啊。"

说不定自己很有做菜的天分呢，顺平自恋了一会儿。

不过问题在于这个肉饼——很难把每份都做成一样的大小和厚度，如果要大量制作，感觉也很花时间。

顺平烦恼着该如何简化肉饼制作工序的时候，意识到菜的形式并不一定要拘泥于汉堡。顺平想到了将热狗作为替代品。如果是热狗的话，就只要把肉糜夹在面包里就行，也不用花时间把肉糜做成肉饼。

周日，顺平再次前往超市，购买了热狗面包。顺平把墨西哥卷饼风味的炒肉糜用生菜包裹，夹在面包中。结果十分成功，制作起来也不费工夫，味道方面也是无可挑剔，应该可以直接作为一道菜上菜单了。

至于菜名，顺平就简单易懂地起了"墨西哥卷饼狗"这个名字。

不知道果苗和鱼住会提出怎样的方案呢？今天真是让人期待啊。

然而当顺平抵达公司，进入人才支援部时，发现钵元已经到了，没办法跟同事说话。顺平原本还在想钵元一大早过来有什么事，但在看到钵元将八十英寸的显示器接上电源时，顺平的心情一下子跌落到了谷底。

不用说，屏幕上播放的正是甘糟的视频寄语。

甘糟一如既往地侃侃而谈，满口的外来语。顺平心想，都要辞职了，还看这种莫名其妙的东西有什么用。

更别说什么观后感，他已经一点都不在乎了。虽然因为受柳刃所托，顺平把录音笔打开，但甘糟说的话他连一半都没听进去。

"盂兰盆节长假马上就要到了，大家准备如何度过呢？我的话，大概整个vacances都会在我最爱的游艇上举办船上party吧。"

因为甘糟在视频寄语最后这样炫耀了一番，顺平便带着挖苦地在感想中写道："请在长假中好好地养精蓄锐。"不过甘糟也不会看这些观后感就是了。

视频结束，钵元一边收着大家的观后感，一边说道："最近，公司后门开了一家流动盒饭店，我们公司的员工似乎也曾前去购买。据法务科调查，得知该店铺与反社会势力有所勾结，请各位员工遵守公司的规定，不要出入该店。"

果苗和鱼住悄悄朝这边看了一眼，顺平也以眼神回应了他们，看样子公司已经察觉到柳刃他们的来历并不单纯了。

钵元继续说道："Cook Job的常驻申请在上个月截止了。不过这次出于社长的特别关心，申请期限将延长至盂兰盆节假期结束。

在此期间进行申请,公司将破例批准常驻。"

"还能领到补贴吗?"鱼住问道。

钵元整理着桌上的文件,说道:"虽然已经过了夏季补贴的发放日,但公司会支付与夏季补贴同等数额的特别补贴。"

顺平和同事们对看了一眼。钵元微微一笑。

"现在上车还不晚哦。"

他留下这么一句话,离开了办公室。

麦岛立刻喷了一声:"那个混蛋,事到如今还跟我们提 Cook Job,几个意思?明明之前还说绝对不会允许我们以公司解雇的形式离职。"

"难不成周五晚上,您就是在跟科长说这个事吗?"

听顺平这么问道,麦岛不解地眨了眨眼睛。

顺平告诉麦岛,三人在从 Spicy Gang 回家的途中,在一楼大厅撞见了麦岛和钵元谈话。

"噢……"麦岛点点头,"原来你们看到了啊,怎么没过来打个招呼?"

"嗯。因为你们看上去正在聊很严肃的事……"

"才不是,只不过是在跟他抱怨罢了。我把东西落在了公司,回来取的时候跟钵元打了个照面。我心想,正好让我遇见了,于是我就要求他让我们以公司解雇的形式离职。"

然而，钵元却强硬地拒绝了。

"怪不得。"鱼住说道，"就是因为麦岛叔去提意见了，公司才给出了这样的条件吧？"

"也许吧，公司大概是无论如何都不想主动解雇我们了。不过，如果能拿到补贴的话，又忍不住要考虑考虑啊。"

"我是不会去 Cook Job 的，我会一直等到公司开除我。"果苗说道。

"我也不会去。只要帮我们介绍，公司就能赚十万，要是我们找到新工作了，公司还能赚六十万，我可不干。"顺平这么说道。

麦岛睁大了眼睛："你这话是听谁说的？"

"柳刃先生……SpiGan 的店长说的。"

"啊，是他说的啊。不过，就像钵元刚才讲的一样，那群人是黑社会，对吧？就算那里的饭菜再好吃，也还是不要去比较好。"

"不妙啊。"鱼住说道，"这下子岂不是不能去 SpiGan 了？"

"就算不能去那边吃饭，车还是要借的吧。既然都决定要三个人一起经营餐车了，还是提前练习练习比较好。"顺平说道。要是违背了跟柳刃他们的约定，一定会遭到报复。

虽然不知道柳刃会作何反应，但总之还是先把事情交代清楚，明确告诉他自己没办法再帮他打探社长的动向，在那之后再向他借露营车。这才是最为稳妥的做法吧？

然而，鱼住似乎对公司的这一规定有些担心："要练习做菜，买了车以后再练习也行吧？要是被公司那群家伙发现就不好了，还是别跟 SpiGan 借车了。"

"说他们是反社会势力，也只是捕风捉影吧？反正都要辞职了，我觉得没必要这样处处担心得罪公司。"

听果苗这么说，鱼住一副终于被说服了的样子，模棱两可地点了点头。

也许他还在犹豫着该不该去 Cook Job 吧。

虽然能理解他的心情，但既然决定要创业了，顺平还是希望他的态度更坚决一些。他突然意识到录音笔一直没关，这才按下了圆珠笔的按钮。

因为不能去 Spicy Gang，午餐吃的是"低卡路亭"的常规套餐。麦岛也一反常态地没有出公司，而是订了盒饭。

今天的菜色是炸鱼、芝麻拌四季豆、通心粉沙拉和凉拌菠菜。

顺平、果苗和鱼住三人吃着盒饭，就餐车的菜单讨论了起来。顺平最先提出了墨西哥卷饼狗的方案，另外两人也表示了赞成。

"听起来很好吃啊。成本也不高，可以赚到钱。"

"特别之处就在于明明是墨西哥卷饼的馅料，却不用玉米饼包着吃。面包比玉米饼更有饱腹感，更能让人满足。"

果苗提出的方案则是炸鸡块。鱼住听后笑道:"那可真的是够普通的啊。"

"可是一般快餐店里卖的炸鸡块,有些部位吃起来不方便,调味也不均匀,不是吗?每个人的喜好不同,像我就不太喜欢吃骨头多的,或者是口感干巴巴的那些部位。"

"我之前在网上看过一篇写炸鸡块部位的文章。据说是有鼓形、龙骨形、肋排形等一共五种,快餐店里每天卖的鸡块都是不同部位的。"

听顺平这么说,果苗点了点头。

"吃起来最方便的是鼓形,也就是在英文里被称为鼓槌的小腿肉。所以我打算只卖鼓形的炸鸡块试试。"

"如果是想吃鼓形鸡块的话,只要去熟食店买日式鸡块不就行了吗?"

"是这样没错,但是熟食店的炸鸡块基本都是日式的调味,我想卖的是在面衣里加入香辛料,然后蘸着酱吃的炸鸡块。"

"蘸什么酱?"

"一种叫'是拉差'的甜辣口的泰国辣椒酱。我在网上看到这种辣椒酱在美国非常流行。我在吃炸鸡的时候试着蘸了点,发现非常搭配。另外我觉得店里还得有甜品,所以也想卖点意式冰激凌。"

没想到果苗竟然回去想了这么多，顺平对她十分钦佩。

"两样感觉都会很火啊，特别是意式冰激凌一定会很有人气的。"

"我打算卖制作起来最简单的香草口味，然后再加上冷冻水果做点缀。"

鱼住吃了口凉拌菠菜。他对这道菜的味道似乎不是很满意，露出一脸嫌弃的表情。

"墨西哥卷饼狗、炸鸡块还有意式冰激凌，菜单上有这些应该就够了吧？"

"你回家也想过了吧？也说说你的想法吧。"

"法兰克福香肠。"

"也太普通了吧？"

"虽说普通，但也可以做得很好吃。一份的成本只要不到八十元，利润很高。"

尽管法兰克福香肠有种太过敷衍的感觉，但毕竟制作简单，而且跟墨西哥卷饼狗和炸鸡块一起卖也没太大的问题。

于是，三人便决定了餐车的菜单：墨西哥卷饼狗、炸鸡块、法兰克福香肠，还有意式香草冰激凌，一共四样。

剩下的就是采购和定价了。食材都得去超市或批发店买，所以三人决定在盂兰盆节假期的第一天一起去采购。鱼住说会用便宜的价格租一辆车用来采购。

接着，三人就定价问题开始交换意见。

麦岛见状叹了口气："你们这样干副业，要是被公司发现，又要被批评了。"

"这可不是副业，只是练习而已。"顺平说道。

"如果有空的话，也请来捧捧场。"

"我是想去，不过盂兰盆节假期我得跟老婆回一趟娘家。"

"您夫人的娘家在哪里？"

"镰仓。不过我真的有些担心啊，"麦岛接着说道，"既然是在卖东西，就会被人当成是在做生意。更何况你们还是跟那个黑社会借的车，肯定会出问题的。"

"我们店只开一天，只要不声张，应该就不会被公司发现吧。麦岛叔，您应该不会去告我们的状吧？"

"怎么可能？我才不会去跟公司说呢。"麦岛用力地摇了摇头。

一开始说要经营餐车时，麦岛是持支持态度的，但最近却经常提出反对意见。虽说可能只是对柳刃两人怀有戒心，不过顺平总觉得事情没有那么单纯。

顺平收拾着吃剩的盒饭，内心隐约感到一丝不安。

那天晚上，顺平一个人留在了公司。

虽然不想为公司无偿加班，但他不希望其他人看见自己到

Spicy Gang 去，于是便装作杂活儿没干完的样子，等大家先回去。

鱼住和果苗七点左右就回家了，但麦岛却拖拖拉拉的，导致顺平过了八点才出公司。

Spicy Gang 似乎在晚上也变得受欢迎了，长椅上坐满了人。因为火野正在接客，于是顺平自己往餐车里看了看。

摆满了厨具的车内弥漫着热气。柳刃站在咕噜咕噜地冒着泡的直筒锅前，用毛巾擦拭着额头上的汗水。

"那个……打扰了。"

顺平向柳刃打了声招呼，将 USB 盘交给他。USB 盘中装着用录音笔录下的个人面谈，以及今天视频寄语的录音。

柳刃将其装进围裙的口袋里，用长筷子搅拌着直筒锅，说道："菜单想好了吗？"

"嗯。菜单倒是没什么问题，不过今天在公司，我的上司说……"
顺平简短地向柳刃说明了公司禁止员工出入这里的事情。

柳刃就这么背对着顺平，用鼻子哼了一声。

"过家家也差不多玩够了啊！"

"啊？"

柳刃将滤网伸进直筒锅里，熟练地将面捞起。面条热腾腾地冒着气。顺平定睛一看，是乌冬面。

柳刃将乌冬面盛在笊篱中，用凉水冲洗后装在玻璃碗中。然后他在碗中加入打散的芥末鳕鱼籽,再倒上少许芝麻油。接着,他用长筷子将面拌匀,把面从碗中夹到一个大盘子上。

乌冬面在跟鳕鱼籽混合均匀后呈现出淡粉色。柳刃在上面撒上葱花和海苔碎,把火野叫了过来。

在火野端着盘子离开后,柳刃把碗中剩下的乌冬面装进小盘中,在上面撒上一把葱花和海苔碎,说道:"吃吧,虽然只是剩下的。"

柳刃将盘子连同筷子一起递给顺平。

顺平接过盘子,正准备开吃时,柳刃喊住了他:"都不说'我开动了'吗?"

顺平急忙说了声"我开动了",然后夹起乌冬面吸了一口。

面用的是细面,颜色半透明,筋道滑溜,十分爽口。明明既没有汤汁也没有蘸汁,但搅拌在芥末鳕鱼籽和芝麻油中的乌冬面却呈现出不可思议的美味。爽脆的海苔碎和葱花为面的味道带来了变化,让人一口接一口停不下来。

"这是哪里的乌冬面?"

"这是秋田产的稻庭乌冬面。如果更喜欢粗面的话,用赞岐乌冬面做也很好吃。如果在上面打个生鸡蛋,就成了有香川县特色的釜玉乌冬面了。"柳刃这么说着,用挂在脖子上的毛巾擦了擦脸。

"在练习做菜那天之前都不用过来了。"

"盂兰盆节假期的第一天吗?"

"对。那天公司没上班,应该不用担心被人发现。"

"好的。"

"晚上七点到这里来,练习完了就直接出发。"柳刃说完,又重新开始做起了菜。

顺平把乌冬面吃光后离开了 Spicy Gang。

在回家的路上,顺平回想起柳刃的话,"过家家也差不多玩够了啊"——这究竟是什么意思?

如果他说的过家家是指做菜,那这话可以理解为他打算把生意收了,但是很难想象有人会放弃人气那么高的餐车。

是因为公司禁止员工出入 Spicy Gang,导致他没办法打探甘糟的情报,被迫要改变方针了吗?不管怎样,顺平打算等开店的事一有着落了就马上辞职,在那之前最好能跟柳刃和火野撇清关系。

三天后的傍晚,顺平、果苗和鱼住三人碰了头,一同前往采购食材。

顺平为明天的开业做好了准备,穿着T恤衫和一条宽松的短裤。鱼住则穿着Polo衫,搭配着一条斜纹棉布裤。果苗则是上身穿着T恤衫,下身穿着牛仔短裤。

果苗平时穿衣风格朴素,所以今天这一身打扮使得她露在外面的双腿格外吸睛。不过,黑框眼镜和驼背倒是一点也没变。

车是一辆很旧的大发 Tanto,是鱼住从价格低廉的租车行借来的。

三人奔波于超市和批发店间,买齐了食材和餐具,还顺道买了用来写菜单的纸和马克笔。不过如果赚不到钱的话,这些全都会变成赤字。

昨天和前天两天,顺平照常上班了。不过,因为担心明天之后的事,干杂活儿时很难集中精神。虽说这只是练习,但顺平还是很担心三人能否把菜做好。虽说三人决定了要一起创业,但平日却很少沟通交流。

他感觉自己似乎是通过裁员这个共同点才跟果苗和鱼住打成一片的。三个人在同样的境遇下互相产生了亲切感,但这并不代表大家都向对方敞开了心扉。不过话说回来,顺平在这之前也从未遇过能让自己敞开心扉的人。

不管是学生时代,还是进了社会后,顺平都不是一个喜欢社交的人。他既不去干涉别人的事,也不希望别人来干涉自己。平时日子这么过着很舒服,但在自己陷入窘境时却发现连一个能商量的对象都没有,让人感到十分难受。

顺平越想越觉得自己过去的人生实在是空虚无比。

那天晚上,三人在六点半抵达了 Spicy Gang。

他们把车停在露营车前。柳刃跟火野已经到了，正坐在长椅上喝着咖啡。顺平三人把车上的食材搬到了露营车的冷柜里。

露营车的内部惊人的整洁干净。

进门之后，右边是一盏上悬窗和用于放置菜品的柜台，正前方是一台大型冷藏柜和一台大型冷冻柜，上面放着电饭锅、烧水壶、搅拌器等厨房用具，旁边则是一台烤箱。地上放着净水箱和液化气罐。

驾驶座边上有两台煤气灶，上方的架子上放着各类锅碗瓢盆。车尾部有一张上面放着砧板和菜刀的工作台。边上还有一台炸锅和一个水槽，两者看起来都像是新买的一样闪闪发亮。

"哇，好厉害！"果苗说道，"平时车里也都这么干净吗？"

"餐车就像是一间有开放式厨房的餐馆一样，而且路边摊本身就给人一种不干净的印象，要是不把里面打理得干干净净，是招揽不到客人的。"

顺平突然注意到驾驶座的仪表盘上安装着一台监控摄像机，他向柳刃询问这么做的原因。

"为了防贼。这种车很容易被盗窃车中财物的小偷盯上。"柳刃在对车内餐具和厨房用具进行了一个大致的说明后，向三人说道，"把明天要卖的菜做给我看看，只要做一人份的就好。"说完他就下了车。

顺平马上开始了菜品的制作，但因为平时做菜做得少，比预想中多花了不少时间。三人手忙脚乱地把菜单上的四道菜——墨西哥卷饼狗、炸鸡块、法兰克福香肠和意式香草冰激凌做了出来。

三人在车内试吃了其他人做的菜，相互之间都认为味道不错。

特别是果苗的炸鸡块，可能因为是现炸的，比快餐店卖的都要好吃。如果蘸着是拉差酱吃，就多了番异国风味。顺平觉得有这几道菜完全可以开店了，但不知道柳刃会是怎样的意见。

三人下了餐车，用托盘把四道菜端上桌。

柳刃和火野正坐在长椅上等着他们。

顺平紧张地看着两人用餐。每道菜柳刃都只尝了一口便没再动过。火野则一眨眼就把剩下的食物吃了个精光，对三人说道："都非常好吃。你们作为新手，算是做得非常好了。"

然而柳刃却对此不置可否，问道："这些你们打算卖多少钱？"

"嗯……墨西哥卷饼狗是三百五十日元，炸鸡块是一块一百五十日元，法兰克福香肠和意式香草冰激凌是二百日元。"顺平答道。

"销售目标是多少？"

"暂定十万日元吧。"

本以为柳刃一定会批评他们，没想到他却说："嗯，差不多吧。好好干！"

"那个……没有什么其他的建议了吗?"

"我之前不是说了,菜色和价格都交给你们定吗?!"

"但我们毕竟都还是新手,没什么信心啊。"

"要我提意见也行,但我一开口就会没完没了,还是算了。"

"明白了。"

"不过我还是说一点吧。不管是干我们这行还是其他工作,最重要的都是意志力和想象力。"

"……意志力和想象力?"顺平困惑地歪了歪脑袋。

"剩下的你们自己去琢磨吧。"

"那请问营业地点在哪里?"

"湘南。"

顺平和同事们互看了一眼,问道:"难不成是湘南的海水浴场那里吗?"

"对,靠近茅崎那里。"

盂兰盆节假期时的海水浴场肯定是人山人海的。不过,这样未经允许就擅自开店真的没问题吗?顺平心里有些没底,但柳刃却说没问题。

"我们现在就过去,赶快去准备。"

因为是长假第一天,柳刃避开了高速公路,把车开上了普通道路。即便如此，车流还是十分拥挤，开了三小时才终于看见大海。

在夜空下拍打着海岸的白色波浪即便是在黑暗之中，也能看得一清二楚。

鱼住握着方向盘开口了："好久没到湘南的海边来了，上次来好像是大学的时候了。"

"我上一次来是小学五年级跟父母一起去东寻访的时候。"果苗说道。

顺平笑了："东寻访可不是海水浴场吧？"

不过，顺平自己也只有在高二时跟同学一起去过一次千叶的海水浴场，湘南还是头一次来。

时间已经过了十点，但海滩上还是到处挤满了嬉戏玩闹的情侣和年轻人。海滨商店并排而立，店里的灯光连成一片。

路旁的标牌上写着"片濑西岸海水浴场"。

柳刃二人的车开过标牌，继续前进。过了一会儿，露营车终于离开大路，开往海边。

柳刃二人把车停在了冲浪用品店边上的空地上。这里跟海滩之间只隔了一条散步小道，正前方就是大海。

鱼住把 Tanto 停在空地靠里的位置。三人下车，伸了个大大的懒腰。

这里和夜晚也闷热无比的新宿不同，空气凉爽而新鲜。

夜空中星辰闪烁，带着海味的夜风迎面吹来。顺平面朝大海，右手边是一道防波堤，再过去似乎是个海港，停着好几艘渔船。左手边则是延伸到天边的沙滩和大海。

不知为何，火野刚从车上下来，就跑向了海港的方向。

柳刃则看着大海抽起了烟。

"这儿是哪里？"果苗问道。柳刃说这里是南方海岸。

"我之前在电视上看到过，是那个有 C 字型纪念碑的地方，对吧？"

"纪念碑在那边。"

柳刃朝左手边沙滩的方向抬了抬下巴。

沙滩上并排建着好几间海滨商店，到处都是人。虽然不如途中经过的那个海水浴场人多，但这里似乎也很有人气。

柳刃接着指了指左手边的海面。

"海的对面是乌帽子岩，不过现在天色太暗看不到。"

不知道火野买了什么，提着两个大塑料袋回来了。

"好，先把肚子填饱了再准备明天的营业。"柳刃如此说道。

在柳刃做菜的时候，顺平一行人把桌子和长椅从露营车上卸下来摆好，在上面搭了一顶遮阳篷。接着在遮阳篷四周挂上几个灯泡点亮，就还原出了平日里 Spicy Gang 的景象。

过了一会儿，火野终于从车窗中探出了脑袋。

"做好了。今天你们不是客人,所以自己过来拿吧。"

三人把盘子和海碗端上桌。今天的菜色似乎跟平时有些不同,盘中装着的是章鱼刺身,搭配着卡抱斯[1]和盐。

海碗中的米饭上浇着像山药泥一样的白色酱汁和青海苔,看不出是什么东西。此外还有一个装着芥末的小盘子和酱油。终于,所有菜都上了桌。

"今天我们俩也能喝酒啊。"

火野拿着一瓶一升装的日本酒走了过来。瓶子的标签上写着"三千盛"。

柳刃和火野在餐桌上坐定后,便双手合十,说了句"我开动了"。顺平也跟着他们这么做了。果苗和鱼住虽然有些犹豫,但也照做了。

柳刃把卡抱斯汁挤在章鱼刺身上。

"这道菜要配盐吃。"

顺平照着柳刃说的方法,刚吃了一口就瞪大了双眼。

章鱼刺身的口感既软嫩又富有弹性,越是咀嚼,浓厚的章鱼味道越发在口中扩散开来。卡抱斯的酸味和盐的咸味凸显了章鱼的甘甜,这跟顺平之前吃过的章鱼完全不是一个等级的东西。柳

---

[1] 卡抱斯:常用于日本菜中的一种柑橘类水果。

刃一口饮尽杯中的日本酒,说道:"这是把当地的章鱼用盐搓过并去除掉黏液后做成的刺身。"

"当地的?"顺平说道,"是在这里刚买的吗?"

"嘿嘿。"火野笑道,"我们提前跟这里的渔民订的。这个也是哦。"

火野朝海碗抬了抬下巴。顺平原以为他指的是青海苔,结果火野却说青海苔是别处买的。

顺平不解地歪着脑袋:"那……是青海苔下面那个白色的东西吗?"

火野点了点头,但故作神秘地不告诉顺平那到底是什么。

顺平向柳刃询问,柳刃答道:"那是鲍鱼。"

果苗推了推黑框眼镜。

"这是鲍鱼吗?我看着像山药泥啊。"

"我把活鲍鱼直接磨成泥,浇在了麦子饭上。"

"啊?!"

"这也太奢侈了吧……"

果苗和鱼住不禁叫出了声,从没听说过有人把鲍鱼磨成泥。就在顺平为这出人意料的烹饪方法感到震惊时,柳刃指了指小碗。

"这是我用鲨皮研磨器现磨的芥末,稍微在饭里加一点,再倒点酱油配着吃。"

据柳刃说，鲨皮研磨器是用鲨鱼皮制作的研磨器，可以激发出生芥末的味道。他还告诉三人，酱油里拌入了用菜刀拍过的鲍鱼肝。

顺平将生芥末加入海碗中，滴了些酱油，用筷子稍稍拌匀。顺平把嘴靠近海碗，刚尝到味道，就被令人吃惊的鲜美口味吓得身子往后仰了仰。

果苗只吃了一口，就握着筷子，停下了动作。

"你没事吧？又走神了喔。"

听到顺平跟她搭话，果苗才露出了一副被吓到的表情。

"实在是太好吃了，让我的魂儿都不知道跑哪里去了。"

鲍鱼的刺身一般很硬，顺平并不觉得有多好吃。但今天的鲍鱼，不知是因为新鲜，还是磨成了泥的缘故，竟出人意料的好吃。

微弱的大海的气味、贝类芳醇的鲜味、生芥末的香味和辣味、青海苔的香味、鲍鱼肝醇厚的淡苦味……所有这些味道全都混合在一起，在口中扩散开来。

配上裹着酱油的麦子饭一起吃，整道菜的鲜度倍增，只要吃过一口，筷子就停不下来。

顺平三人今天没有选择之前常喝的罐装啤酒，而是改喝起了日本酒。

之所以这么做，是大家认为日本酒跟生章鱼和生鲍鱼更搭。

不出所料，三人想得没错，辣口的三千盛和今天的菜十分对味。

"可别喝多了，等一会儿还有准备工作要做呢。"

三人被火野瞪了一眼，在喝到差不多的时候停下了。

吃过饭后，顺平三人进了露营车，开始处理第二天要用到的食材。顺平用平底锅炒熟了做墨西哥卷饼狗时要用到的肉糜，果苗把鸡腿泡在了牛奶里，说道："这么处理不仅可以给鸡肉去腥，还会让肉质更软嫩。"

"不过这些都是我从网上查到的。"果苗最后又笑着补了一句。

果苗接着用自己带来的冰激凌机开始着手制作意式香草冰激凌。准备工作比预想中要来得麻烦的是鱼住的法兰克福香肠，顺平和果苗两人帮着鱼住把香肠插在竹签上。

鱼住一边动着手一边苦笑道："这样子感觉好像在公司干杂活儿呢。"

"但这些事跟公司的杂活儿不一样，干的是有意义的。只要想着自己做的事能得到回报，就算心里没底也很开心。"果苗说道。

"原来如此啊。"鱼住说道，"怪不得我觉得你最近有活力。"

"也许这就是原因吧。刚进人才支援部时我非常愤愤不平，但现在我已经不想再整天发牢骚，抱怨个没完了。"

"真是积极向上啊。"

"嗯。看到柳刃先生他们，我就觉得自己也得加油了。"

"话虽如此,他们毕竟还是黑社会啊。"

"说到底,你还是在意这点的。"果苗这么说着,手上的动作停了下来。"我觉得不应该用一个人被贴上的标签去判断他。不管柳刃先生他们到底是什么人,一直以来他们都对我们很好,不是吗?"

"这很难说,他们说不定是用这种手段在骗我们。"

"就算真的是这样,他们也比公司要好多了。公司满脑子只想着要把我们赶出去。"

"确实公司也很可恶,但黑社会也不能算是什么好人啊。虽然现在他们对我们很好,但我就怕之后会被他们刁难。"

"就算柳刃先生他们不是黑社会,你也一定会给他们贴上某种标签,然后以此为由挑他们的刺吧?"

"你怎么了?"鱼住睁大了双眼,"今天说话好冲啊。"

"对不起!我不是在找碴儿,只不过我觉得现在这个社会,大家都喜欢给人或事直接贴个标签完事,而不去深入思考,不是吗?不同国家之间,也是因为这样才会起冲突的吧?"

"确实,这样做的人好像越来越多了。"

"我在之前的部门,也被人冠上'傻大姐'、'脑子不清楚'之类的标签,一直被大家孤立,所以我才不想用同样的方式对待别人。"

在一旁插着香肠的顺平感到一丝愧疚,自己大概也给柳刃他们贴上了标签，戴着有色眼镜看待了他们。

一开始觉得他们是路边摆摊的，瞧不起他们；接着又因为他们长得凶神恶煞而起了戒心。结果到了被两人威胁的时候，居然吓得不敢反抗，只得服从命令。现在又因为自己要创业，一边利用着他们，一边却想着要跟他们撇清关系。

永远都只想着自己。

公司出于利益的考虑，想要开除自己。而顺平也出于自身的考虑，才拒绝辞职，想要拿到公司的解雇信。

之前之所以考虑要进行婚活，也是为了满足爱面子的父母和排解孤身一人的寂寞，说白了都是为了自己。包括现在，虽然心中自认为干劲十足地要经营餐车，但之后或许又会出于个人原因而发牢骚、抱怨，甚至放弃。

顺平一直以为自己是个认真的人，分配的工作认真完成，对上司无理取闹的要求也忍气吞声。

但说到底，自己只不过是做了当下对自己最有利的事情罢了。明明做什么都是为了自己，之后却还要为自己的行为找个冠冕堂皇的理由。

换句话说，自己就是个什么都习惯贴标签完事，而不去深入思考的人。

找工作的时候也是，只懂得给公司贴上"一流公司""二流公司""黑心企业"之类的标签，至于自己在公司里要干些什么，则是想都没想过。

顺平心想，自己之所以会选择这个职业，虽然一部分原因在于当时求职不顺、近乎绝望，但说不定自己本身就不是那么喜欢系统工程师和网络方面的工作。明明只是顺水推舟地拿到了这份工作，却骗自己说从一开始就打算做这一行。

在求职过程中，自己从头到尾都只考虑到自己，行动时毫无原则，也毫无讲究。或许把自己逼到今天这一步的，正是自己的这种生存方式。

这样的拷问不断地在脑海中涌现，顺平陷入了自我厌恶中。

第八章

香料飘香的路边摊美食：
土耳其烤肉丸和卡真鸡肉

隔天早上是个令人神清气爽的大晴天。

顺平在手机上看到天气预报说今明两天大气状况很不稳定，原本还有些担心，好在天上只有寥寥几片云朵，不像是会下雨的样子。

昨晚顺平和鱼住让果苗睡在了 Tanto 里，两个男人则睡在了长椅上。虽说长椅很硬，但被凉爽的海风吹拂着，顺平还是睡了个好觉。

不知道柳刃跟火野是在哪里睡的，顺平起床后就不见他们两个的踪影。时间还不到八点，沙滩上就已经出现不少身穿泳装的年轻人了。

三人匆忙开始开店的准备。果苗在黑板上写上菜单，把黑板立在画架上。担心这样不够显眼，她又把绘图纸贴在硬纸板上，用马克笔在上面写了一份菜单，贴在了露营车的前方车窗上。

八点半时，一切准备就绪，餐车正式开店。为了让大家看得出三人是服务员，大家特地系上了昨天在批发店买的围裙。

海的那一头，一片积雨云向天边无限延伸，很有夏天的气息。

因为时间还早，所以没什么客人。鱼住去海边散步，顺平和果苗守在店里的时候，他想到了麦岛。

"说起来，麦岛叔说他老婆的娘家在镰仓啊。"

"镰仓离这里很近啊，打个电话给他吧？"

果苗这么说着，拨通了麦岛的电话。麦岛虽然说有空会过来看看，不过顺平觉得他来的可能性不大。

那之后，三人便一起慢悠悠地等待着客人上门。

然而过了十点，顺平开始焦虑了。海边的人潮开始迅速增多，但店里却一个客人都没有。

顺平心烦气躁地在露营车前来回踱步。这时，两个身穿比基尼的女人走过来。女人身上暴露到几乎显得有些下流的比基尼和晒得黝黑的皮肤让顺平看傻了眼。

"欢迎光临！"

听到果苗的声音，顺平才终于回过神来。两个女人盯着黑板看了一会儿。鱼住走向两人，说道："来……来……来……来些什么呢？"

"马……马上就可以打包好带走喔！"顺平有些结巴地向两人搭话，然而她们却皱了皱眉头离开了。

果苗从露营车的窗户中探出脑袋,说道:"你这么慌慌张张的样子,会把客人吓跑的。你得更自然一点。"

"是啊。"鱼住挠了挠脑袋,"接客跟搭讪一样,可不能自己乱了阵脚。"

"下次我会更慎重一些的。"顺平说道。他原以为移动小摊的接客是小菜一碟,实际做了之后才发现很容易紧张。有人路过车前时,顺平尽管心想着要招揽客人,却常常一时语塞。

时间过了十一点,海滩愈发拥挤起来。

五颜六色的沙滩阳伞铺满了整个海岸,阖家出行的人们在水边发出欢愉的喊叫声。躺在毯子上晒着日光浴的情侣和抱着冲浪板的男人们格外显眼。年轻男女在海里玩着沙滩排球;喷气滑水艇扬起白沫,飞驰在海面上。

沙滩上并排而立的海滩商店,每家生意都是很好的样子,让顺平分外眼红。他想在柳刃他们回来之前尽可能地提高营业额。

"欢迎光临!"

"要不要试试墨西哥卷饼狗或者炸鸡块呢?还是要来一份法兰克福香肠?"

"意式香草冰激凌也很好吃哦!"

三人坚持不懈向路人搭话的举动终于得到了回报,一家三口停在了店前,每样东西都买了一份。

自此开始零零星星地来了些客人，但只有意式香草冰激凌卖得好，其他的食物几乎没有人点。中间有好几个客人过来想买啤酒或饮料，三人都只能婉言谢绝。

不知不觉中时间已经到了十二点，午餐高峰期也过了。沙滩上的人们都在吃着似乎是从海滨商店买来的章鱼小丸子和炒面。

"为什么生意会这么冷清啊？"果苗唉声叹气地说道。

鱼住回应道："不能卖啤酒和饮料实在是很遗憾啊。"

"不过，我们店本身就是以食物为主的，必须想点办法招揽客人啊。"

虽然嘴上这么说，但顺平却完全不知道该怎么办。他伫立在艳阳的暴晒之下，皮肤火辣辣地疼。

虽然这里的气候比蒸笼般的东京要好，但出了汗后身上还是不舒服。反正也没生意，还不如把班翘了下海游泳呢。

就在顺平强忍着这股冲动时，柳刃回来了。

"营业额如何？"

听柳刃这么问道，三人摇了摇头。

"我猜到了，这些东西不可能卖得出去的。"

"但是火野先生说，作为新手，我们已经做得很好了……"柳刃对顺平的辩解嗤之以鼻。

"客人可不会听你的借口。不管是新手还是老手，客人在乎的只有味道和价格。你们几个平时选择去哪家店吃饭时，也不会考虑店员的个人情况吧？"

顺平点点头，耷拉着脑袋看向地面。

正如柳刃所说，客人不会在意店员的情况。既然决定要开始营业，就必须得做好跟身经百战的高手们同场竞技的准备，不能什么事都只考虑自己。

明明昨晚才这么反省过，过了不到一天就变回原先的想法了。顺平咬着嘴唇，气自己实在太没出息。

"我想只要吃过一次，应该就会有回头客的。"果苗这么说道。

柳刃却摇了摇头："这里不是新宿，做生意要以客人只会来一次为前提。"

"那到底该怎样做才能招揽到客人呢？"鱼住问道。

"那我也问问你们，你们觉得自己为什么会遇上裁员这种事？"

"这个……大概是因为业绩不好……"

"没有什么大概。跑业务的，数字就是一切。"

"嗯，这倒也没错……"

"我不知道你对我跟火野是什么看法。但是不认真对待工作的人是什么工作都干不好的。责任全在你们自己，你们好好反省一下。"

鱼住一脸不服地低下了头。

"休息一会儿吧，把菜单改成准备中。"

柳刃这么说着走进了露营车。三人把放在画架上的黑板翻了个面，把贴在车窗上的硬纸板撕了下来。

顺平看向车内，柳刃把放着墨西哥卷饼狗肉糜的碗清空，把已经调过味的肉馅也倒掉了。顺平见状大吃一惊。

"这样一会儿就没办法卖墨西哥卷饼狗了啊？"

"没关系。除了冰激凌之外，其他的菜色全部要回炉重造。"

柳刃在碗里打了几个鸡蛋，接着加入太白粉、酒以及某种香料。他用手搅拌着碗里的东西，朝法兰克福香肠抬了抬下巴。

"别傻看着，把那些香肠切成螺旋状。"

"螺旋状？"

顺平不解地眨了眨眼睛。

柳刃迅速把手洗干净，将一根插在竹签上的香肠放到砧板上。他取了一把小型菜刀，以竹签为轴一边旋转着香肠一边斜切。

最后他将竹签拔出，法兰克福香肠就成了弹簧一样的形状。

"啊，我们花了老半天才插好的。不过这个形状挺有趣的啊。"鱼住说道。

柳刃让三人把其他的香肠也切成一样的形状，三人便分头开始干活了。

顺平一边切着一边看向柳刃，这次他把碗中的肉糜捏成了丸子状，插在多出来的竹签上。

在所有的香肠都切好后，顺平开始帮柳刃处理肉糜。虽然很想知道他打算做什么，但看到柳刃一脸全神贯注的表情，顺平害怕得问不出口。

柳刃在用来炸鸡的面衣中加入香料，搅拌均匀。

"好，准备工作完成了。"

柳刃同时开启两台煤气灶，一边煎着法兰克福香肠，另一边煎着插在竹签上的肉丸。法兰克福香肠用的是平底锅，肉丸串用的则是平底铁板。

柳刃在上面撒上直径五六毫米的种子状物体。没一会儿锅中就传来了种子噼里啪啦的爆裂声，咖喱的香味顿时充满了车内。

接着柳刃对果苗下令，让她把裹上面衣的鸡腿放进炸锅里炸熟。这期间柳刃则把在烤箱中加热过的热狗面包摊平，用食品夹把煎好的法兰克福香肠、番茄、生菜、洋葱丝放在面包中，淋上大量的亨氏牌番茄酱和黄芥末酱。

墨西哥卷饼狗和法兰克福香肠摇身一变成了一条热狗。这时，炸鸡也已经出锅。猪肉糜丸子也煎好了。

柳刃把热狗用菜刀切成三段，和炸鸡、肉丸一起装入盘中，让三人试试味道。

三人点点头，把手伸向盘中。

顺平首先尝了一口热狗，吓了一跳。本以为味道会跟自己做的墨西哥卷饼狗差不多，结果却是天壤之别。

比起直接煎制的法兰克福香肠，切成螺旋状后煎制得更加多汁，番茄酱和黄芥末酱也包裹得更加均匀。柳刃做的热狗的调味比墨西哥卷饼狗简单，因此更加凸显出了蔬菜的甘甜。

接着顺平吃了炸鸡块，发现香料味远比果苗做得要足。炸鸡块中增添了这份香味和辣味，令人欲罢不能。

顺平最后吃了猪肉糜丸子。果不其然，丸子中也多了一份香料味。刚入嘴的瞬间，强烈的香气就扑鼻而来。

肉糜被压实后味道浓厚，每咬一口肉汁都会在口中迸发。顺平总觉得之前吃过类似的东西，却想不起来究竟是什么。

三人彻底忘记这只是在试吃，一眨眼就把盘中的食物一扫而光了。

明明都是用相同的材料，为什么柳刃做的会这么好吃？顺平向柳刃询问了变更菜单的理由。

"之前的菜单其实并不差。不过，想在这里卖得好，还差了一样东西。"

"差了一样东西？"

"香味。要是在室内就算了，但如果是在户外开店，卖的食物就必须得有强烈的香味。之前那份菜单，在香味上根本赢不了章鱼小丸子和炒面的酱料。肉香也能促进食欲，为了进一步激发香气，最好是放在火上直接加热。"

"原来如此。墨西哥卷饼并没有什么香味啊。"

"把法兰克福香肠切成螺旋状后，不仅更能促进散发肉香，同时也能让酱料包裹得更均匀。而且螺旋状的香肠在煎熟后两端也不会翘起，更容易夹进面包里。"

"我一直很喜欢这种法兰克福香肠，却从不知道有这种吃法。"鱼住说道。

"这是丹麦一家叫郁金香的厂家生产的法兰克福香肠。品质好，价格却不贵。这个牌子的午餐肉在冲绳很有名。"

鱼住拿起装着香肠的袋子看了一眼："真的耶，这上面写着郁金香食品公司。"

"炸鸡块里加的香料是什么？"果苗问道。

柳刃回答说是卡真粉。

"卡真菜起源于美国的路易斯安那州。卡真粉是把两种红辣椒、黑胡椒、大蒜粉、牛至、百里香和盐混合在一起制成的一种调味料。虽然炸鸡块的面衣本身放了盐，整体味道有些咸，不过这样的咸度在海边吃正合适。汗流得多，身体就会更需要盐分。"

"原来如此。"顺平恍然大悟，"我之前好像听说过卡真鸡肉。"

"新奥尔良那边吃的卡真鸡肉好像是给鸡肉抹上香料后用烤架

烤制而成的。"

"那我等下就把菜单上的炸鸡块改成卡真鸡肉。"

"卡真鸡肉蘸是拉差辣椒酱也很好吃,可以让客人根据个人喜好添加。"

"明白了。那个肉丸子该写什么名字呢?话说,这样的烹饪方式叫什么来着?"

"土耳其烤肉。"

"啊,是土耳其烤肉啊。总算想起来了,我之前在路边摊吃过。"

"但这个做法也不是真正的土耳其烤肉。而且,如果名字叫土耳其烤肉也不太吸引人。"

"那就叫土耳其烤肉丸吧。"

"土耳其烤肉有种咖喱一样的香味呢。那是什么香料的味道?"果苗问道。

"香料中量最多的是孜然。在肉糜中加入孜然粉、香菜、牛至和黑胡椒,搓揉均匀。用盐调味就行。我在煎的时候还撒了点孜然籽,让香味更突出。"

"我很喜欢孜然呢。"

"孜然香味独特,有些人非常喜欢,有些人却接受不了。吃多了很容易上瘾。"

"最近经常在东京看到土耳其烤肉的店铺啊。"

"因为这几年东京夏天的气温越来越高了。要是高温一直这么持续下去，人们对富含香料的食品的需求量会不断增加，就像那些气温炎热的国家一样。在众多香料中，人们会本能地想吃那些带有像孜然这样能促进消化的香料的食物。"柳刃说完，再次打开煤气灶，"好了，休息结束了。接下来就交给你们自己干了。"

三人重写了菜单，再次开始营业。新菜单上有热狗、卡真鸡肉、土耳其烤肉丸和意式香草冰激凌。

因为已经过了一点，顺平很担心会没客人上门。但游客们似乎被香料的香味所吸引而开始聚集。跟早上不同，换了菜单后四样菜品都卖得挺好的。

三人一下子来了劲，开始轮班烹饪和接客。刚才还在长椅上抽着烟的柳刃不知何时已经消失了踪影。

一旦排起了队，客人便渐渐多了起来。

现在正是一天中最热的时候，何况做菜时还要开火，三人已经是浑身大汗了。

三人试着用毛巾擦脸和脖子，但完全止不住来势汹涌的汗水。身上渗出的汗液瞬间蒸发，在皮肤上留下了一层盐。

鱼住趁接客的空当走到车外用 T 恤衫扇风。

"好厉害，出了这么多盐。"

鱼住一改之前的表情，一脸的愉快。

果苗的黑框眼镜也因为汗水和油烟而蒙上了一层雾，但她仍满脸笑容地接待着客人。

虽说借助了柳刃的帮助，但顺平没想到自己做的菜受人喜爱会是一件这么让人开心的事。

然而大约过了两小时后，客人一下子就少了下来。现在已经过三点了，下一波客流高峰应该是晚餐时间吧。

在三人喝着果汁休息的时候，柳刃回来了。

"怎么，已经累垮了吗？"

"没有。刚好现在没客人了。"顺平说道。

"就算是这样也别发呆，没客人的时候手也别闲着。"

"但我们想等客人点单了再现做。"

"我不是这个意思。"柳刃说道，"要是店员们一副没事干的样子，客人是不会来的。做餐饮业，最重要的就是声音和香味不能断。就算只是做做样子也好，记得做菜的手不要停下来。"

"明白了。"

"你不明白。工作不是别人给的，是要自己去找的。你刚才说没客人了，但客人明明多得很。"

柳刃朝在沙滩上嬉闹着的、前来泡海水浴的游客抬了抬下巴。

"我刚才也说过了，这里跟新宿不一样。开了店后什么都不做的话，客人是不会来的。要是没客人，就要懂得主动出击。"

"主动出击？"

"到沙滩上去，一个个请游客试吃。"

"啊？"

"看，客人就在那边。你们两个男人，快去揽客吧。"

柳刃看向一群身穿泳衣的女人，就在拿好试吃的食物准备过去揽客时，顺平和果苗对上了眼。他感觉自己的心跳似乎漏了一拍。

五点过后，拥挤的沙滩平静了不少。

柳刃稍微观察了一会儿三人接客时的样子。

"我暂时不会回来了，好好看着店。"

他在留下这么一句话后，就又不知道去了什么地方。

尽管在请人试吃时觉得有些不好意思，但推销的效果立竿见影，许多客人成群结队地来到店里，说还想吃更多。一时间露营车前排起了长队，甚至阻碍到了交通。

因此途中食材短缺，鱼住还开着 Tanto 去采购了。

三人越来越有默契，接客手法也越来越娴熟。跟之前每天对着电脑的工作不同，顺平感受到了与人交流的快乐。看着客人们心满意足地品尝着餐点的样子，比什么都让人开心。

顾客不是上帝。

但是，在接客的过程中，双方都能得到快乐。

柳刃说过，不管做什么工作，都需要有意志力和想象力。

顺平觉得自己隐约有些开始理解这句话了。

所谓意志力，指的是把决定要做的事做到最后的毅力。所谓想象力，指的是工作中的创新和换位思考能力。只要会站在客人的立场上考虑，就能知道自己需要改进的是什么。

在公司里，工资和员工为公司做出的贡献挂钩是理所当然的，然而自己却总是单方面地向公司索取，从未努力付出。这么简单的事，自己居然到现在才想明白。

顺平在阳光下挥洒着汗水，越发觉得拖欠的加班费和解雇信什么的都是小事了。

在一拨客人离开之后，三人清算了一下今天的销售额，数额超过了八万元。

果苗两眼放光地说道："还差一点就能达到目标了呢。"

"嗯。照这个速度，到晚上应该可以全部卖光。"顺平说道。

鱼住也一反常态地用沉着冷静的声音说道："卖东西真开心啊，但我以前为公司跑业务的时候却没有这样的感觉。"

"流汗的感觉真好啊，我已经好久没像今天这样连续运动这么长时间了。"果苗说道。

鱼住点了点头："我一直以来都错了，我真的对做生意一窍不通。"

"我也跟你一样啊。今天是有柳刃先生帮忙,生意才会这么好,要是只有我们几个的话……"

"没问题的。"顺平说道,"今天只是练习而已,我们三个人一定也能做出一番成绩。我们也只有这一条路可走了。"

"是啊。一起努力吧。"果苗点了点头。

就在这时,车窗外出现了一个秃着额头的男人。

"麦岛叔!"顺平喊道,"您来了啊。"

"在老婆的娘家待着我也不舒服啊,所以就来看看你们干得如何。"

顺平把今天的销售额告诉了麦岛,麦岛一脸佩服地说道:"真厉害啊,我还以为一定门可罗雀呢。"

"中午之前确实没什么生意,但柳刃先生——SpiGan 的店长——帮了我们一把。"果苗说道。

在听到柳刃的名字时,麦岛的脸上掠过一丝担忧的神情。

不过,他立刻又换上了笑容,说道:"好了,我也来为你们的销售额做点贡献吧。我刚好也饿了,你们菜单上有的东西每种给我来一份吧。"

第九章

夏末的至高果实：一粒葡萄

过了六点后，太阳开始西沉。

三人决定要一口气超越销售目标，鼓足干劲地做起了生意。落在海平线上的夕阳唯美无比，但忙于接客的三人无暇欣赏。

麦岛坐在长椅上，就着店里的菜喝着啤酒。

天色昏暗下来后，沙滩上拖家带口的游客和情侣的数量慢慢减少，年轻的男性游客变多了。有些男人见到人就搭讪，有些男人则是不知在哪里喝得醉醺醺的，大声喧闹着。

可能是因为海边的氛围变差了，店里突然间就冷清了下来。

明明只差一步就要达到销售目标了，三人感到十分心急。即使想请人试吃，也找不到合适的对象。

鱼住和果苗站在露营车前招揽着客人，顺平则在车内烤着法兰克福香肠和土耳其烤肉丸。三人照柳刃说的，保证着店里的香味和声音不间断。

"小姐，来瓶啤酒吧。"

就在这时,外头传来了男人的声音。

三个裸着上半身、带着刺青的男人站在车前,三人看上去都像是高中生左右的年纪,却一个个身材魁梧,有着六块腹肌。

其中一个人大晚上还戴着墨镜;另一个人则是一头冲天的金发,眉毛刮得一干二净;剩下一个则是高大到抬起头才能和他对视的彪形大汉。

附近不管哪家海水浴场都规定禁止带有刺青的客人进入,他们三个却像是在炫耀般地裸着上身,一副盛气凌人的样子。

"很抱歉,我们这里不卖啤酒。"

听果苗这么说,墨镜男歪了歪脑袋。

"那个大叔不是在喝酒吗?"

他指了指坐在长椅上的麦岛。

"他不是客人。"

"那……他是谁?是小姐你的男朋友吗?"

"喂,"鱼住插了嘴,"我们都说不卖酒了,到其他店买去。"

"到其他店买去?你这是在命令我们吗?"金发男说道。

彪形大汉将粗壮的双臂抱在胸前。

鱼住叹了口气:"这不是命令,只是在拜托你们而已。"

"你这混账东西,跟客人说话都不用敬语吗?"

金发男把脸凑近鱼住说道,两人的鼻子差点儿都快贴上了。

果苗吓得在原地动弹不得，一脸的惊恐。顺平见势不妙下了车。

"小哥，你是店里的负责人吗？"墨镜男问道。

顺平摇了摇头："不是，出什么事了吗？"

"什么叫出什么事了？让这家伙好好道歉啊。"

"道歉？道什么歉……"

墨镜男朝鱼住抬了抬下巴。

"这家伙居然命令我们到别的地方去买酒啊。"

"命令？首先，我们这里不卖酒；再说了，你们几个还是未成年人吧？"

"你这混账开什么玩笑？"

墨镜男怒吼一声，揪起了顺平的衣领。跟柳刃和火野比起来，这三个人并不怎么让人害怕。不过他们年轻气盛，再这么刺激他们可能会有危险。

顺平就这么保持着被揪住的状态低下了头："对不起！要是我们冒犯到你了，我道歉。"

墨镜男把顺平放下，说道："那就给我下跪啊。"

"啊？"

"赶快跪，我要拍照发在推特[1]上。"

---

1 推特：国外知名社交网站，类似国内的微博。

墨镜男从运动裤中拿出手机。

顺平咬着嘴唇犹豫了。就算跟他们打架,肯定也赢不了,而且再怎么说也不能把果苗牵扯进来。如果自己丢脸就能平息事态的话,那也只好这么做了。

"停下。你不用下跪。"就在顺平缓缓弯下腰时,鱼住喊道。

话音刚落,金发男便把头往后仰,接着突然给了鱼住一发头槌。鱼住双手抱头,蹲在了地上。

金发男把鱼住扑倒在地,用脚踢了他好几下。

顺平急忙跑向鱼住的方向,腹部却吃了墨镜男的一记重拳。胃袋几近破裂般的剧痛让顺平一点声音都发不出来,就这么跪倒在地上。他心想,要是柳刃跟火野在就好了,然而两人却仍旧没有回来。

"喂!你们在干什么?!快住手,不然我叫警察了。"麦岛这么喊着,跑向三人。

"烦死了,臭老头儿。"

彪形大汉说着,一掌把麦岛推开。

"痛……痛……痛……"麦岛倒在地上,发出痛苦的声音。

果苗表情僵硬地从围裙的口袋中取出手机。

她大概是想报警,但就在她正要触碰手机时,眼尖的墨镜男察觉到她的行动,把手机拍落在地。

"臭婊子，你在小瞧我们吗？"

墨镜男怒吼着，扇了她一个巴掌，果苗的黑框眼镜也被拍飞了。顺平顿时大脑充血，发出怒吼。

他强忍着腹部的疼痛扑向墨镜男。

但顺平的肩膀马上就被抓住，一记重拳打在了他的脸上。毫不留情的拳头让顺平倒在地上，随之而来的是猛烈的踢打。

顺平只能勉强弓起身子，护住脑袋，一点抵抗的办法都没有。在暴雨般的踢打过去之后，头顶上响起了男人们的声音。

"这种破车，我们把它砸烂吧。"

"这主意好。把这辆车砸成废铁，让他们再也做不了生意。"

"顺便把他们的营业收入也拿了，作为道歉费。"

顺平忍着全身的疼痛抬起头，看见三人正走向露营车。麦岛痛苦地歪着脸，试图要站起身，但最后也只能单手撑腰半蹲着。鱼住则是仰面朝天、精疲力竭地倒在地上。

这么下去车子会被砸烂，营业收入也会被拿走。顺平用尽浑身力气想站起来，但因为关节疼痛而动弹不得。

墨镜男先进了露营车，另外两人紧随其后。

已经不行了。就在顺平万念俱灰时，金发男和彪形大汉突然停住了脚步。墨镜男后退着下了车。

接着下车的是果苗。顺平注意到果苗双手握着菜刀，顿时心跳加快。墨镜男又退了好几步。

"喂……喂！别乱来！"墨镜男提着嗓门喊道。

果苗一步步缓缓逼近墨镜男。

"我不会让你们进这辆车的。"果苗用低沉的声音说道。

也许是因为少了黑框眼镜，果苗的目光焦点游离不定。

"非要进去的话，就先杀了我吧。"

"我……我知道了。我知道了……"

墨镜男摆着手这么喊道，转过头向身后的两人说道："这……这个女人疯了，我们走吧。"

金发男和彪形大汉战战兢兢地点着头，转身跟着墨镜男离开了。

三人一开始先是快步行走，到最后则变成全速奔跑起来。在男人们的身影消失后，果苗终于放下菜刀，蹲在了地上。

顺平坐在长椅上，盯着油毡地板看。

果苗和麦岛坐在他旁边，三人一言不发。

每当面前急诊室的门被打开，三人都会抬头看。然而护士们只是一个劲儿地进进出出，没有人过来找他们。

这里是藤泽某家综合医院的走廊。

顺平看了眼手表，时间是八点半。自鱼住进入急诊室后已经过了三十分钟。他十分担心鱼住的伤势，但主治医师却迟迟不出来。

在那之后——三个男人离开之后，顺平的身体终于能动了。

尽管顺平饱受了男人们的拳打脚踢，但身上只有几处瘀青，除此之外别无大碍。

所幸果苗没有受伤，眼镜和手表也找回来了。麦岛只是伤到了腰，休息一会儿就能正常走路了。

鱼住也在顺平的帮助下勉强站了起来。可当时他满头是血，意识已经有些模糊了。即使向他搭话，反应也很微弱。

原本还在犹豫着要不要叫救护车，但他想到如果急救人员看到这副光景，恐怕会报警。考虑到柳刃和火野，顺平还是尽可能地不想惊动警察。

听麦岛说这家藤泽的医院就在附近，顺平急忙把露营车锁好，开着Tanto把鱼住送到了这里。

顺平全神贯注地开着车，完全忘了自己平时是个不开车的人。

过了十分钟左右，急诊室的门被打开，一名护士向三人招手。

三人连忙走进急诊室，看见鱼住躺在病床上。他脑袋和胸部上裹着绷带的样子令人十分心疼，但鱼住在注意到三人后轻轻抬了抬手。

主治医师说他已经缝合了头部的伤口，把断裂的肋骨用绷带固定住了。据说断裂的肋骨只有一根，两周左右就能痊愈了。在被医生告知其他方面没有异常时，三人才终于松了一口气。

"不过以防万一，今晚还是住院观察比较好。"医生这么说着，走出了房间。

三人围在床边，鱼住露出难为情的微笑："抱歉！都怪我，给大家添麻烦了……"

"你胡说什么呀，哪有什么麻烦不麻烦的！"果苗说道。

"就是说啊。"顺平说道，"都是那群小鬼的错。"

"虽然我刚才头脑不太清醒，但我看得很清楚。"

"什么看得很清楚？"

"我看到大家救了我……"

"我只是一直在挨打而已，救了大家的是饼田。"

"……没有的事。我当时一心想着要把他们赶走，至于发生了什么事已经记得不太清楚了。"果苗红着脸低下了头。

"你可真勇猛啊。"麦岛说道，"拼了命地保护我们。"

在顺平看到果苗举着菜刀赶跑男人们时，一种从未经历过的情感涌上了心头，让人喘不过气。一方面是被她的勇气所感动，但除此之外顺平还感受到了一股没来由的激动。

鱼住突然把脑袋从枕头上抬起来，说了句"真的非常谢谢你们"。

"……但是,我还是得向你们道歉。"

"你怎么还这么说?刚才都说了,不是鱼住你的错啊。"顺平说道。

但鱼住却摇了摇头:"不是这样的,其实我骗了你们。"

"骗了我们?"

"我说我叔叔开了一家二手车行的事是假的,提议要经营餐车也全是骗你们的。"

"啊?但你之前说,已经准备好可以用来开店的车了……"

"我根本没有准备。我原本是打算以买车和车内改造为由,把你们的钱拿到手之后就逃走。所以我还故意把车子的价格说高了。"

"啊?"

"当我被调到人才支援部时,我心想反正最后都要被炒鱿鱼,就打算把能从公司要到的钱全要了,然后辞职。结果却听到你们聊餐车的事,一时鬼迷心窍,就想着要骗你们的钱……"

鱼住话止于此,嘴唇不停地颤抖着。鱼住本该是对经营餐车持最积极态度的人,但每当计划变得具体时,他就会开始到处挑刺。

现在顺平终于明白了他举止异常的理由,但顺平却完全没生鱼住的气,反而因为他愿意告诉自己真相而感到十分开心。

"鱼住，"顺平说道，"你为什么要说出来？只要你不说，没人会知道的……"

"因为我没办法再瞒下去了。我一开始很看不起餐车经营，但在实际接客后却发现那是我有生以来经历过最快乐的事。可是我却……"鱼住一度哽咽，"我骗了你们，你们还救了我这种人……"

"别再说了，鱼住，反正你也没有真的骗走我们的钱啊。"顺平说道。

"就是说呀。"果苗说道，"我们可是朋友啊。"

"虽然不知道餐车这条路能走多久，但让我们今后也一起努力吧。"顺平说道。

鱼住的泪水夺眶而出。

"今晚我们会陪你的，你好好休息吧。"果苗说道。

鱼住哽咽了好一会儿，突然用伤痕累累的手擦了擦眼泪，说道："如果……如果你们能原谅我的话，我希望你们能回餐车去继续营业，只差一点就要达到销售目标了，不是吗？不要为了我这种人半途而废啊。"

顺平看了眼果苗，果苗默默点了点头。

两人开着 Tanto 离开停车场，前往南方海岸。

跟前往医院途中不同，顺平现在十分冷静，因此开车的时候也非常不安。即便如此，他还是选择坐在驾驶座。果苗坐在副驾座，麦岛则坐在车后座。麦岛从医院里出来后就一言不发，一副若有所思的样子。

虽然已经过了九点，但就算是这个时间段，也多少会有一些客人吧。鱼住明天才出院，明早再去接他就行了。

车子在江之岛入口处遇上红灯停了下来。

"啊！那个是……"

果苗惊呼着，用手指了指副驾驶座的窗户。

顺平看向窗外，发现边上停着一辆车顶放满了冲浪板的休旅车。火野坐在驾驶座上，柳刃则坐在副驾座上。

顺平眨了眨眼睛："他们在干什么呢……"

"好奇怪呀，要不要跟他们打个招呼？"果苗话音刚落，红灯就变成绿灯，休旅车径直开走了。

休旅车拐了弯，开往江之岛方向。

顺平原本打算把车开回店里，但柳刃二人的举止着实令人费解。来湘南的时候坐的明明是露营车，为什么现在又开着那样的休旅车？

"很难想象他们是要去冲浪啊。"麦岛说道。

"就是啊。"顺平说道，"好奇怪啊。要不要跟上去看看？"

"嗯，我也想知道他们到底想干什么。"

顺平用目光锁定休旅车,踩下了油门。

开过江之岛大桥,抵达江之岛后,休旅车开进了游艇码头的停车场。顺平放慢车速观察休旅车的情况,发现火野把车子停在停车场后,两人都下了车。

两人警惕着周围的情况,一边环视着四周,一边往海的方向走去。三人把 Tanto 停在停车场,开始跟踪两人。

游艇码头里停着好多艘快艇和帆船。大概因为是晚上,周围一个人影都没有,海边一片漆黑。所幸四周还亮着几盏灯,所以不难看清脚下。

不知是哪里在开着派对,海浪声中夹杂着人群的欢闹声和音乐声。

游艇码头靠海的位置有一块区域是专门用来停放大型游艇的。

柳刃两人在一艘大型游艇前停下了脚步。

那艘游艇比其他游艇还要大一圈,接近流线型的纯白艇身看上去十分高级。游艇里似乎有人,灯光透过窗户照射了出来。

柳刃和火野再度四下张望后走上了舷梯[1],进入游艇中。

三人低着身子看着这一切。顺平小声说道:"感觉有些不妙啊。"

"可是我们都跟到这儿了,还是跟上去看看吧。"果苗说道。

---

1 舷梯:平时收在船舷里,在需要的时候放下供人员上下船的梯子。

麦岛似乎也很好奇,没有表示反对。

三人屏息凝神地爬上舷梯,蹑手蹑脚地走在甲板上。

吧嗒一声,顺平感觉有水珠打在肩膀,于是看了眼天上。夜空中的云层似乎很厚,看不见星星。吧嗒,这次雨滴落在了顺平的脸上。感觉到随时都会下起倾盆大雨,顺平有些想转头离开了。

就在这时,船舱里响起男人们的怒吼和几声巨响。

顺平吓了一跳,看向声音的源头,发现那里有一扇带着圆窗的门。

他战战兢兢地朝窗子里看去,心中一惊。

一个男人把手放在脑袋后面,双膝跪倒在地。

柳刃则从背后用手枪指着那个男人。尽管一直以来受了柳刃很多照顾,但这种情况下,顺平实在没办法坐视不管。

顺平吞了口口水,说道:"得……得报警……"

顺平用手势示意果苗和麦岛快逃。

就在这时门猛地被打开,火野冲了出来。

顺平吓得身体后仰。火野叹了口气:"你们几个在这里干什么啊?"

"在……在这里干什么?哦,那个……"

"行了,别说了,过来吧。"

火野抓起顺平的手腕,把他带进门里。

眼前的光景让顺平倒吸一口凉气。

船内豪华得让人觉得像是哪儿的高级酒店似的。房间里摆着一张宽敞的皮沙发，开阔的地板上铺着一条绒毛很长的地毯。

桌子被固定在地上，上面放着一个保冷箱，里面装着香槟、香槟杯、几样小菜和一个水果篮。

三个男人脸朝下趴在地上。其中一个穿着一件夏威夷衬衫配一条齐膝休闲短裤，另外两个人则穿着黑西装。三个男人边上放着一个装满了纸钞的行李箱。

屋内似乎有一台音乐播放器，房间里流淌着缓和惬意的爵士乐，跟眼下异样的氛围形成鲜明对比。

柳刃站在房间角落，仍旧举枪对着顺平刚才看到的那个男人。

顺平在看到那个男人的侧脸时吓了一跳。果苗也睁大了眼睛，用双手捂着嘴。在视频寄语中看过无数次的脸出现在了眼前。

"啊！甘糟社长！"麦岛惊呼道。

男人扭头看向门口，睁大了双眼："麦岛，你为什么会在这里？！"

"这该怎么说呢……"麦岛一时语塞。

甘糟继续说道："你旁边的那两个人是我们公司的员工吗？"

"是的，是人才支援部的同事。"

"太好了。你们几个，马上……"

柳刃打断了甘糟说到一半的话。

"闭嘴！再多说一句我就开枪了。"

甘糟用鼻子哼了一声，闭上了嘴。

柳刃握着枪瞥了三人一眼："怎么回事？给我交代清楚。"

顺平战战兢兢地把到这里来的经过告诉柳刃，柳刃喷了一声。

"怎么跟过来了？我不是叫你们好好看店吗？"

"我才想问柳刃先生您在做什么呢！您该不会把这三个人杀了吧……"

"别担心，他们只是晕过去了。"

"可是，你用枪指着的那个人，是我们公司的社长啊。"

"这不用你说我也明白。"

"那到底是为什么……"

"没时间跟你解释。不过简单说来，就是这群人跟黑社会有金钱上的往来。"

"一派胡言！这两个人才是黑社会。"甘糟喊道。

柳刃把手枪的枪口顶在甘糟的脑袋上："我刚才说，你要是再说一句我就开枪，你是没长耳朵吗？"

甘糟缩着脖子安静了下来。

柳刃他们果然是为了把甘糟拉下马，才让自己去打探他的动向的吗？还是说，柳刃他们的说辞才是真的？

就在顺平用混乱的大脑不停地思考时,身穿黑西装的男人中的一个突然跳了起身。男人挥舞着小刀,从后面朝柳刃扑了过去。

"危险!"顺平不由自主地叫出了声。

柳刃在回过头的瞬间,用握着手枪的右手把男人手中的小刀打落了。

同时火野也抓住了男人,用一记单手过肩摔把男人扔了出去。男人撞在地上,翻着白眼儿晕了过去。

"啊——"

就在这时,果苗发出了尖叫。甘糟不知何时已经将果苗的双手别在身后,把小刀抵在了她的脖子上。那正是穿黑西装的男人先前拿着的那把小刀。

"饼田!"顺平这么喊着,但在这种情况下他一步也不敢靠近他们。

甘糟用小刀顶着果苗,喊道:"把枪扔了!"

柳刃和火野一脸严肃地伫立着。

甘糟为什么抓自己的员工当作人质?如果柳刃和火野是黑社会的话,那么这种威胁对他们来说毫无意义。也就是说,甘糟才是跟黑社会勾结的一方吗?

"快把枪扔了!小心我把她的脸割破!"甘糟怒吼道。

那是顺平在视频寄语中不曾见过的凶狠神情。另外,今天的甘糟在讲话时也没有夹杂外来语。看来在视频寄语中的那副样子都是装出来的。

外头似乎下起了雨，哗啦啦的雨声传到了屋内。

柳刃缓缓将手枪放在了地上。

甘糟微微一笑，说道："麦岛，把枪拿过来。"

"但……但是……"

"虽然是间接的，但我记得我给过你一个任务吧？只要你能让人才支援部的那群废物全部辞职，我就破例让你留在公司。"

顺平难以置信地看着麦岛："这是真的吗，麦岛叔？"

麦岛脸色发青，低下了头。

"哈哈哈！"甘糟笑道，"麦岛真正的职位，是被调职到人才支援部的人事部部长啊，虽然他本人也游走在被裁员的边缘。"

顺平未曾想过麦岛背地里还有这样的一面，不过仔细想想，麦岛总是说着"部员会被外派到'低卡路亭'""不可能从公司拿到解雇信"之类负面的话语，还经常抱怨。

麦岛说过，自己之前的下属在人事部工作。如果他真正的职位是人事部部长的话，那么钵元才是他的下属。也就是说，他那些负面的话语是要把部员们逼上辞职之路的策略，而成天不绝于耳的牢骚是他演出来的吗？

个人面谈时突然要求进行搜身，也是发生在柳刃告诉四人可以用录音机把言证录下来之后,说不定就是麦岛把这件事告诉了人事部的人。

几天前麦岛跟钵元抱怨,也是因为裁员进行得不顺利,麦岛作为上司在对钵元进行指示吧。

"麦岛!你在磨蹭什么?!"甘糟再次发出怒吼。

"把那把枪拿过来,我就让你当董事!"

麦岛弯下腰捡起手枪,缓缓地朝甘糟的方向走去。

"不能给他!"果苗一脸痛苦地喊道。

"麦岛叔!"顺平的叫喊无济于事,麦岛面无表情地将手枪递给了甘糟。

"很好,很好,公司的畜生就该是这个样子。"甘糟笑着收下了手枪。

就在顺平悔恨交加、咬牙切齿的时候,麦岛突然扑向甘糟,抱住了他握着刀的手。小刀从甘糟的手中掉了下来。

果苗趁机挣脱了甘糟的控制。顺平立刻跳起身,接住了她。

甘糟把手枪的弹夹砸在麦岛的脸上。

在麦岛倒地的同时,柳刃和火野朝着甘糟猛扑过去。

下一秒,震耳欲聋的枪声响彻了房间。

带着焦味的硝烟弥漫在屋中,弹壳掉落在了地毯上。顺平护住果苗,站在了她的身前。

火野右手抱肩,倒在了地上。

"你没事吧,火野先生!"顺平向火野喊道。

火野没有回应,鲜血从他的肩膀上汩汩地流淌了出来。

甘糟坐在地上,双手握着手枪,说道:"不准动,不然我开枪了。"

这时,麦岛忽然摇摇晃晃地站起了身,血丝从他的嘴里一路垂到下巴。

甘糟把枪口对准麦岛:"你这个废物,你还想当董事?当个人质还差不多。"

"不,我不是人质。"麦岛平静地说道。

"你说什么?想死吗?!"

麦岛对甘糟的怒吼无动于衷,径直朝着枪口走去。

"最后再让我叫您一声'少爷'吧。"

"住口!不准那样叫我。"

"我不住口。我从少爷还小的时候,就一直为公司鞠躬尽瘁,直到今天。前任社长生前可喜欢我了,我想少爷您应该还记得吧?"

"那又如何?你要恩将仇报吗?"

"正是因为前任社长有恩于我,我才忍耐到了今天。少爷,您和前任社长不同,脑子里想的只有钱。但我也想赚钱,我也害怕被公司开除,所以为了明哲保身,迫不得已为少爷您干了那么多脏活儿。"

"我听够你的自我吹嘘了,你到底想说什么?"

"我想说,我不会再任由您摆布了,朝我开枪,然后离开公司吧。"

"你想死的话,我会成全你。但公司是我的,我绝不会让给别人的!"甘糟这么说着,把枪口顶在麦岛的胸口上。

这么下去麦岛很可能会中弹,但顺平一点办法都没有。果苗从身后搂住了顺平。顺平看向手枪,发现甘糟扣着扳机的指尖已经发白。

"看这边,甘糟!"

就在顺平万念俱灰的时候,身后响起了柳刃的怒吼。

顺平转过头,看见柳刃把某样东西高举过了头顶。

就在甘糟举枪对准他的瞬间,银色的光芒划过了空中。

枪声再次响起,木头的碎片从墙上剥落下来。

麦岛双手抱头,趴在地上。

甘糟一脸狰狞地用左手按住了拿着手枪的右手胳膊。

他的胳膊上插着一把刀。甘糟用左手握住刀柄,打算把刀拔出来,却突然踽蹒着倒在了地上。火野抓住了他的一条腿。

在甘糟一脸狼狈地把枪口对准火野时,柳刃跳了起来。

下一秒,柳刃的鞋尖精准地踢在了甘糟的脸上。

甘糟全身僵硬地飞了出去，以背靠墙壁的姿势倒在墙边，后脑勺撞在墙上。

他的脑袋一下子耷拉下去，手枪从他的手中掉落下来。

火野用右手按着鲜血淋漓的肩膀，站了起来。

"你没事吧？"

顺平和果苗想靠近火野，火野却伸手制止了他们。

"只是擦伤罢了，没有中弹。"

柳刃捡起手枪插回腰间，对三人说道："你们三个赶快下船，接下来的事我来处理。"

"可……可是万一警察来了，我们可以为刚才发生的事做证……"

"不必了。这是一次秘密调查，要是处理得不好，你们会惹上麻烦的。"

"秘密调查？"

"对。"

"那……那意思是，柳刃先生和火野先生，你们难道是警察？"

"你自己想吧，我不能再多说了。"

"别把我们的事告诉别人哪。"火野说道。

顺平战战兢兢地点了点头，说道："至……至少说明了你们不是黑社会，对吧？"

"我们装成那副样子也是迫不得已。"柳刃说道。

"也就是说，你们让我去打探社长的动向……"

"那也是调查的一环。"

"那是什么意思？"

"我们得到情报，称甘糟一直在为某个大型黑社会组织提供资金。资金似乎是经由傀儡公司进行交易的，但我们不知道那家傀儡公司到底在哪里。"

"为了找出傀儡公司才开了 Spicy Gang 吗？"

"对。只要我们散播谣言，说有两个黑社会在 Global Eggs 附近做生意，这件事总有一天会传到甘糟的耳朵里。"

火野微笑着说道："你们公司的员工过来买盒饭时，我们总是在不经意间表现出像黑社会一样的举动。你们三个也没少传播关于我们的谣言吧。"

"哦……算是吧……"顺平吞吞吐吐地回答道。

顺平看向麦岛，发现他正满脸通红地低着头。把这个消息传到人事部的人大概就是他吧。也正是因为这样，钵元才禁止大家去 Spicy Gang。

柳刃继续说道："甘糟担心丑闻上身，所以很不待见在公司附近开店的我们。于是甘糟就让跟他串通一气的黑社会组织来把我们赶走。我们正是算准了这一点，打算通过这些黑社会成员来追查出傀儡公司。"

顺平想起那天晚上闯进 Spicy Gang 的身穿黑西装的男人们，那些男人一定就是被柳刃引到那里去的黑社会。

"就是那天晚上的那些男人吧。"

"我们抓住他们，从他们口中逼问出了傀儡公司的名字。"

柳刃用脚把趴在地上、身穿夏威夷衬衫和齐膝休闲短裤的男人翻了个身。

顺平记得那张又胖又白的脸，那是在甘糟的视频寄语中出现过的 Cook Job 的社长葛原久。

"我们知道了这个家伙是傀儡公司的社长，跟黑社会有所瓜葛。接下来只需要找出他跟甘糟进行交易的地点就行了，就是这艘游艇。"

"你们是怎么查出来的？"

"通过视频寄语的录音。你给我们的最后一份录音里，甘糟说他会在游艇上度过盂兰盆节假期。游艇这种东西不是谁都买得起的，所以调查起来也没费多大功夫。我们让国土交通省[1]帮忙调查了一下，得知甘糟的游艇就停在这个游艇码头里。"

"那来湘南也是出于这个原因吗？"

"对。我们到这里来之后，就一直开着另一辆车在监视甘糟。"

---

[1] 国土交通省：日本的中央省厅之一，职责相当于各国的交通部与建设部。

"抱歉啊，利用了你们。"火野说道，"不过，你们也因为这样掌握了些开店的诀窍吧？"

"嗯，不光是开店的诀窍，我们还学会了很多其他的东西……"

"对我们来说，现在这一刻吃的东西是最好吃的。"火野这么说着，伸手从桌上的果篮中摘下两粒葡萄。他把其中一粒放进嘴里，另一粒扔向顺平。

顺平用双手接住了葡萄。葡萄粒大而饱满，表皮呈深紫色。

外头的雨声中夹杂着像是警笛的声音。

"说起来，你们达成营业目标了吗？"柳刃问道。

顺平摇了摇头："没达到，只差一点了……不过我明白'在工作中最重要的是意志力和想象力'这句话的意思了。"

"要把意志力和想象力合二为一进行思考。如果能同时具备意志力和想象力，做什么工作都能事半功倍。而且，像这样几个人一起工作时，团队常常能凝聚出不可思议的力量。"

"我接下来也会努力学习的。"

"加油！你们干得很不错。"

顺平想着要说些什么，却突然感慨万千，一时语塞。

柳刃转向麦岛："刚才多亏你帮忙了。照理说原本应该由总部为你颁发感谢状的，但很可惜我们这次是秘密调查，所以没办法公开表彰你。"

"不，我怎么敢当……我犯了太多的错。一开始我一心想着要保住自己的饭碗，所以为了让大家早点辞职，总说些打击大家积极性的事。我之所以来这里，原本也是想把你们在干副业的事情举报给公司。可是，在我看到大家那么努力工作的样子后……"麦岛话说到一半，用手指按了按眼角，"我就觉得公司什么的根本无所谓了。我终于知道，人到这个年纪，最重要的就是要学会相信他人。就算自己被骗了无数次，也不能因为这样就去骗人。跟朋友在一起，才是人生中最幸福的事……"

麦岛这么说完，开始哽咽。

柳刃点了点头，对顺平说道："露营车放在那里就行了，赚的钱你们自己带走吧。"

"那个……接下来 Spicy Gang 会……"

"调查已经结束了，我们会把店关了。"

"我们之后还能见面吧？"

"这可说不准。一期一会[1]，人生就是这样的。"

"柳刃先生，火野先生……"果苗说道，"真的非常感谢两位。"

她深深地向两人鞠了一躬，顺平和麦岛也一样低下了头。火野笨拙地向三人行了一礼，像是在忍耐着什么似的把头扭向一边。

---

[1] 一期一会：日本茶道用语，指人与人一生中难得相遇邂逅，要珍惜每段缘分。

柳刃也郑重地鞠了一躬，说道："我才应该向你们道谢，感谢你们为调查做出的贡献。同时，作为店主，我也对最为频繁光顾本店的各位常客表示感谢。"

警笛声迅速地逼近了。

"好了，快走吧！"

柳刃这么说完就转过了身。

顺平转身，把手中的葡萄放进嘴里。

某种热烈的情感伴随着葡萄的酸甜涌上了心头。顺平一动不动地站在原地，热泪盈眶。麦岛用哭肿的眼睛示意顺平，该走了。

顺平点点头，牵起果苗的手离开了房间。

尾声

| 最美味的饭菜由我们来做 |

九月过半,秋热也渐渐消停了下来。

新宿中央公园里挤满了午休的上班族和白领,人声鼎沸。

顺平盘腿坐在草坪上,打开了饭盒。大容量的饭盒中装着五个白色的饭团和一些腌萝卜。果苗看了盒饭一眼,说道:"今天的盒饭好简单啊。"

"并不简单哦。虽然饭团里没有馅料,但米饭本身是用天然矿泉水煮出来的正宗鱼沼产的越光米[1]。盐用的是冲绳的日晒海盐。"

"喔!真是奢侈呀!"麦岛说道。

"可是麦岛叔,"顺平看向麦岛的盒饭,"您自己的盒饭也相当豪华啊。"

"这个?这是我今早去买办公用品时,顺道在百货商场的地下超市里买的。"

---

[1] 越光米:日本水稻品种之一。

盒饭的包装纸上写着"和牛寿喜烧[1]盒饭"。

"毕竟公司总算发补贴了,是该奢侈一下了。你看,我的也是……"

鱼住这么说着打开了自己的饭盒。饭盒中满满当当地装着盐渍三文鱼、烤香肠、日式鸡蛋卷等配菜,米饭上还贴着一片爱心形状的海苔。

"哇!老婆的爱心盒饭复活了呀!"

"而且还有心形海苔,真是恩爱啊!"

顺平和果苗纷纷说道。

鱼住眯起眼睛看向两人:"要说恩爱,你们两个才更恩爱吧!"

顺平干咳了几声,把饭盒举到面前。

"大家也尝尝看吧。"

"谢谢!"果苗说着,从饭盒中拿了一个饭团。

另外两人正打算伸手拿的时候,鱼住突然停了下来。

"这样真锅你自己不够吃吧?"

"那可不好意思啊,我就不吃了吧。"

"没事啦,我还有这边的可以吃。"

顺平说着从果苗的篮子中拿了一个鸡蛋三明治。鸡蛋三明治

---

[1] 寿喜烧:又名"锄烧",是一种日式火锅,以用少量酱汁烹煮食材为特点。

是果苗亲手制作的，松软可口的面包中毫不吝啬地夹满了掰成小块的煮鸡蛋。

"真讨厌啊！"鱼住说道，"你们两个总是这样，难得在外面凉凉快快地吃顿饭，现在气氛又被你们搞得这么热火朝天。"

"就是说啊，那我就不客气地吃了。"

鱼住和麦岛争先恐后地拿起了饭团。

很久没有像这样四个人一起吃午饭了。游艇上的那一夜过去还不到一个月，可四人周遭的环境却彻底改变了。

公司社长兼CEO甘糟因为涉嫌向黑社会提供资金和非法挪用公司资产，跟Cook Job的社长葛原久一同被逮捕了。

事件被连日大肆报道，在媒体界引起巨大轰动。但不知为何，游艇上发生的事却一点都没有被报道出来。

柳刃跟火野自然也销声匿迹，顺平到最后都不知道两人的真实身份。

那天晚上，顺平从甘糟的游艇上离开，回到露营车后并没有把营业收入拿走，而是留下了一张字条，上面写着希望两人之后能再联系自己。

伴随着甘糟的被捕，负责个人面谈的江组和酢崎等涉嫌违法行为的董事们也全都被开除了。

通过对员工们的取证，公司严重违法的裁员行为也浮出水面。

之前选择常驻在 Cook Job 和被强迫辞职的员工们好像也对公司提起了诉讼，要求公司为自己复职并赔偿损失。

人才支援部在上个月底被废除，顺平四人也回到了原先的部门。

现在回想起来，柳刃也许早就料想到了这一天的到来。

这大概也是柳刃让自己想办法回到原先的部门，或是拿到公司下发的辞职信的原因吧。

麦岛原本打算以参与了裁员为由引咎辞职，但最后被顺平等人说服，留在了公司。不过在麦岛的强烈要求下，公司批准了他提出的降职申请，把他调到了杂物科担任科长。

"我在人才支援部干惯了杂活儿，感觉在这里工作更适合自己。"麦岛如此说道。

曾担任人才支援部科长的钵元自然也被追究了参与非法裁员的责任，但在麦岛的请求下，最后被调职成了杂物科股长。

麦岛调到杂物科后，曾带着钵元跟其他三人见了一次面。

"这家伙协助裁员也是出于无奈，你们能不能原谅他？"

"实在是非常抱歉，当时说了那么多过分的话……"钵元这么说着，一个劲儿地道歉。

毕竟他当时也只能服从公司的命令，所以顺平并不想责备他。他俩原本都是管理层的人，现在却领头干起了杂活儿。

顺平再次回到市场营销部，重新负责起了面向主妇的时尚网站和以孕妇为对象的网站的运营。之前的上司和同事们像什么都没发生过一样对待着顺平,但顺平并不打算在这个职场久留。

他打算再存下一些钱后,就跟果苗还有鱼住一起开始经营餐车。三人时常聚在一起商量探讨,推进着创业的计划。

四人吃完盒饭后便一同走向公司。

知了在榉树林中叫个不停。

就在四人离开公园走上大街时,"啊!"顺平不禁叫出了声。

黄色的露营车停在路边。顺平难以置信地定睛一看,发现车顶上印着 Spicy Gang 几个字。

四人急忙跑向餐车,却发现坐在驾驶座上的是个陌生的中年男子。男人头顶棒球帽,戴着一副墨镜,乌黑的毛发从鬓角一路延伸到了下巴。

顺平有些犹豫地向男人搭话:"那个……请问您认识柳刃先生和火野先生……"

"不认识,你是真锅顺平先生吧?"

"为……为什么您会知道我的名字?"

"有人让我把这个给你。"

头戴棒球帽的男人这么说着,把一份文件递给了顺平。那是露营车的转让证明,顺平看后睁大了双眼。

"到底是谁拜托您把这个送过来的?"

"都说了我不知道啊,是社长派我来的。"

"社长?"

"我们二手车行的社长啊。他让我把这份转让证明交给你,仅此而已。购车款已经付清了,所以你在这上面签个名就行了。"

转让方一栏中写着一个陌生人的名字,并且盖上了个人印章。

顺平在男人的催促下签了名。

男人把一张上面印着"买二手车就来 Apple Bottom"的诡异名片递给了顺平。

"这辆车暂时由我们店里保管,方便的时候就过来取吧。"

男人说了句"再见",接着便把露营车开走了。

顺平目送着男人离开后,转向另外三人。

"我不明就里地就把名字签了,怎么办?"

"还能怎么办?只能干了啊。"鱼住说道。

"一起努力吧。"果苗说道,"柳刃先生一定也是为了帮我们创业才把车送给我们的。"

"那就干吧,反正原本就是打算要开店的。"

鱼住和果苗用力点了点头。

"麦岛叔,要不要加入我们?"顺平说道。

麦岛摇了摇头:"我对现状很满意,只要再工作五年,我就能退休了。不过，我会带很多客人过去捧场的，我会让钵元也一起帮忙。"

"我明白了。那等您退休了，再请您来店里帮忙。"

"就这么说定了，不过前提是你们的店能撑五年啊。"麦岛这么说着，哈哈大笑了起来。

顺平忽然踮起了脚尖，抬头看向天空。

卷积云密布的蓝天下矗立着一排排的高楼。

这时，果苗靠了过来，倚在顺平的肩上。

"怎么了？把腰伸得这么直。"

"柳刃先生和火野先生现在一定也在某个地方看着我们，我总有这样的感觉。"

"是啊。一定在看着我们吧。"鱼住说道。

"没错。"麦岛也跟着说道。

顺平把双手放在嘴前做出扩音器的样子。

"柳刃先生——火野先生——"他大声呐喊道。

果苗、鱼住和麦岛也异口同声地喊道："谢谢你们！"

四人的声音响彻蓝天，秋日和煦的阳光像是在回应他们似的照在大楼的窗户上，发出耀眼的光芒。

图书在版编目（CIP）数据

侠饭.2，辛辣人生/（日）福泽彻三著；周立彬译
.—北京：中国友谊出版公司，2019.9
ISBN 978-7-5057-4608-4

Ⅰ.①侠… Ⅱ.①福… ②周… Ⅲ.①长篇小说—日本—现代 Ⅳ.① I313.45

中国版本图书馆CIP数据核字（2019）第031198号

著作权合同登记号 图字：01-2019-0664

OTOKOMESHI Vol.2 Hot&Spicy Hen by FUKUZAWA Tetsuzo
Copyright © 2015 FUKUZAWA Tetsuzo
All rights reserved.
Original Japanese edition published by Bungeishunju Ltd., Japan in 2015.
Chinese（in simplified character only）translation rights in PRC reserved by Beijing Xiron Books Co., Ltd., under the license granted by FUKUZAWA Tetsuzo, Japan arranged with Bungeishunju Ltd., Japan through Bardon-Chinese Media Agency, Taiwan.

书名	侠饭.2，辛辣人生
作者	[日]福泽彻三
译者	周立彬
出版	中国友谊出版公司
发行	中国友谊出版公司
经销	新华书店
印刷	嘉业印刷（天津）有限公司
规格	880×1230毫米 32开 8印张 136千字
版次	2019年10月第1版
印次	2019年10月第1次印刷
书号	ISBN 978-7-5057-4608-4
定价	39.80元
地址	北京市朝阳区西坝河南里17号楼
邮编	100028
电话	（010）64678009

如发现图书质量问题，可联系调换。质量投诉电话：010-82069336